駅の名は夜明

軌道春秋II

髙田郁

双葉文庫

目次

駅の名は夜明

軌道春秋II

トラムに乗って

「話し合う？　今さら何を『話し合う』というの？」

受話器を持つ手の震えが、どうにも抑えきれない。左の五指を右手首に巻きつけて、真由子《まゆこ》は語調を強める。

「この一年、あなたは仕事に逃げた。由希《ゆき》を、あの子を、何故もっと丈夫に産んでやれなかったのか、自分を責めるしかなかった私には目もくれず、徹《とおる》は仕事に逃げたじゃないの」

構内アナウンスが途切れていたせいか、真由子の声は意外なほど響いて、傍らを行くツアー客が揃って振り返った。

午前十時を過ぎた成田空港、ガラス越しに冬陽が射し込み、これから旅立つひとびとを祝福している。クリスマスが近いことも相俟《あいま》って、ロビー内は高揚した空気に包まれていた。

場違いな声を発したことに気づき、真由子は口を噤《つぐ》む。受話器の向こうで、夫のぼそぼそとした言い訳が続いていた。

「もしもし、真由子、聞いているのか」

とにかく戻ってほしい、という徹の懇願に応えることなく、真由子は視線を転じる。

ロビーには大きなクリスマスツリーが飾られて、家族連れや恋人同士が好ましそうに仰ぎ見ていた。

ツリーの一番上には、きらきらと輝く大きな星。

あの星の名を娘に聞かれて、答えることが出来なかった。一年前、ほんの一年前だ。光が溢れて明るいはずのロビーが、ふと翳《かげ》る。悲しみが足もとから膝へと這い上がるのを覚えて、真由子はぐっと奥歯を嚙み締めた。

「私のサインは済ませたし、希望のない結婚生活なら解消した方がいい」

もう行くわ、と電話の向こうの夫に告げて、気持ちを断ち切るように受話器をフックに掛けた。ピピー、ピピー、と音が鳴り、テレフォンカードがゆっくりと押し出される。抜き取ったものを手に、真由子は小さく吐息をついた。

一時《いっとき》、日本を離れたからといって、何かが変わるわけではない。戻ればまた、自らを責め苛む日々が待つ。何もかも、よくわかっているのだが、とにかく今は全てから逃げてしまいたかった。

分厚いコートを抱え直した真由子に、背後から、

「あの、すみません」

と、呼びかける者があった。

公衆電話が並ぶ一角には、真由子の他にひとはいない。振り返って声の主を見れば、七十過ぎと思しき老女が立っていた。

灰色のコートに薄紫のストール姿。足が悪いのか杖を突いている。白髪に金縁の眼鏡がよく似合っていた。

「テレフォンカードは、何処に売ってますかしら。電話をかけたいのですが、硬貨が使えなくて」

このコーナーにある公衆電話は、全てカード式だった。探せば近くに販売機はあるのだろうが、真由子は手にしていたカードを老女に差し出した。

「良かったら、これを」

「いえ、そんな訳には」

両の掌を広げて遠慮してみせる老女に、真由子は、

「どうぞ。私にはもう必要ありませんから」

と、半ば押し付けるようにカードを渡す。

折しも、第二ターミナルに響き渡る音量で、アナウンスが入った。

「全日空二百七便、ウィーン行きをご利用のお客様にご案内を申し上げます」

搭乗予定の便のアナウンスだった。

急ぎますので、と相手に会釈して、その場を離れる。ありがとうございます、との声を背中で聞いて、真由子は足を速めた。


一度目の食事サービスのあと、窓のシェードが下ろされて、機内は薄暗い。ウィーンへの直行便は本数が少ないせいか満席だったが、話し声もなく、換気音が響くばかりだった。

ナイトキャップに、ドライジンを頼む。

徹の好きな銘柄だった。真由子自身は強い酒は苦手なのだが、成田からウィーンまでおよそ十二時間の飛行、酔って眠ってしまいたかった。

気圧のせいもあって、少量のジンでも酔いが早く訪れた。頭の芯がとろりと溶けそうで、シェードに寄りかかって、そっと瞼を閉じる。

――にがいおクスリも、いたい注しゃも、がまんするよ。だから、由希が元気になったら、ウィーンに連れていって

――パパとママが乗ったトラムに、由希も乗るの

耳の底に愛娘の声が蘇り、真由子はハッと腰を浮かせた。膝から毛布がぱさりと落ちる。

赤い制服姿の客室乗務員が、真由子の方を気にして、ミネラルウォーターのペットボトルを持ち上げてみせた。水を求められている、と思ったのだろう。

真由子は軽く頭を振り、毛布を拾い上げてシートに身を委ねた。

胸もとにそっと手を遣る。カシミアのセーターのふんわりした質感とは異なる、厚みのある滑らかなビロードの手触り。首周りに緩く結んだそのリボンは、生前、娘の髪を飾っていたものだった。

由希、と娘の名を胸のうちで呟く。

もともと風邪を引き易かったり、よく発熱したりしていたが、内臓に異常が見つかって、たった七つで逝ってしまった。

ビロードの黄色いリボンが結ばれていた、艶やかな優しい髪を思う。その柔らかな頬、母親に向けられた眼差し、ママ、と呼ぶ声。狂おしいほどに恋しく、愛

おしい。

込み上げる悲しみを辛うじて封じ、シェードに指をかけた。持ち上げて、窓の外を覗くと、眼下、凍原が夕陽に映え、朱に染まっていた。

ひとが亡くなると、その魂は何処へ向かうのだろうか。

思えば、祖父母は父方母方とも、真由子が物心つく前に他界していた。両親は健在で、それまで身内の誰をも看取ったことがなかった。初めて経験する死が、我が娘のものだったのだ。

葬儀は仏式で行い、遺骨も成田《なりた》家の墓所に納めた。導師からは極楽浄土の話を聞いたが、罰当たりなことに信心の薄い真由子には、そこがどんなところか理解できない。せめて夢の中での再会を願うのだが、一年近く待っても、娘は夢枕に立つこともない。

――ママ、ウィーンの話を聞かせて
新婚旅行の写真を収めたアルバムを開いて、由希はよく話をねだった。恋愛や結婚への淡い夢を抱き始めた証だろうか、と甘やかな気持ちで、娘を膝に乗せて、かつての思い出を語った。

石畳の道を馬車が走っていたこと。本物の宮殿のこと、美術館や博物館、コンサートホールまでがおとぎ話のような美しさだったこと。城塞の跡がリンク（環状道路）になっていて、そこをトラムと呼ばれる路面電車が走っていること。結婚したばかりの父と母が終日、トラムに乗り続けたこと。

——森の方まで行くトラムもあるけれど、リンクを一周するトラムに乗れば、ウィーンの街の景色を独り占めした気分になるの。パパとママは一日中、トラムに乗っていたのよ。クリスマスが近かったから、街中がとても眩しくて綺麗だった

そんな思い出話を、由希は瞳を輝かせて聞き入った。そして、決まって、こんな夢を口にしていた。

——いつか、由希もウィーンに行く。トラムに乗って、ウィーンの街を一周するの

病を得て辛い闘病が始まったが、いつかウィーンに行くことを励みに、辛抱強く耐えていた。昨春、入院予定の病院のベッドの空きを待つ間、少しでも気晴しになれば、と徹と話し合って娘を映画に連れていったことがあった。シンデレラ物語を下敷きにした『エバー・アフター』という作品で、由希が観たがっていたものだ。

映画館の椅子に腰かけて同じ姿勢を取るのはしんどいだろうに、由希は両親の間に挟まれて、とても嬉しそうだった。宮殿や馬車が大画面に映し出されると歓声を上げていた。王宮やシェーンブルン宮殿、それにフィアカー（観光用馬車）。写真でしか知らないウィーンを、スクリーンに重ねているようだった。

親子三人での外出は、結局、それが最後になってしまった。

元気なうちに、ウィーンに連れて行ってやりたかった。あんなに行きたがっていたのに。

ゴメンね、ゴメンね、由希。

涙の膜越し、凍原が暗く歪む。薄いグラスに唇を押し当て、真由子はジンを口に含んだ。

およそ十二時間のフライトののち、真由子を乗せた飛行機は定刻より少し遅れて、夕映えのウィーン国際空港に到着した。

もともと十二月のウィーンはハイシーズンなのだが、今年は西暦二〇〇〇年にあたるため、さらに多くの観光客が押し寄せて、小さな空港は大層な賑わいであった。

入国審査を済ませ、スーツケースを受け取って、タクシーで市内へと向かう。ドイツ語は勿論、英語にしても決して堪能ではないが、そうした観光客が殆どだからか、ウィーンでは意思の疎通にあまり困らない。すでに日は暮れていたが、眩《まばゆ》く幻想的なイルミネーションに照らされて、クリスマスマーケットの情景が車窓に流れていた。

予約していたホテルにチェックインして、ボーイに先導され、旧式のエレベーターで客室を目指す。案内された部屋は、オイルヒーターでほどよく暖められていた。

ボーイが去ったあと、荷を解く気力もないまま、真由子は窓の分厚いカーテンを開けた。石造りの建物に多い、アーチ形の装飾窓だった。金色のハンドルを握って捻り、そっと押してみれば、ぎぎぎっと音がして、少しだけ開いた。切りつけるような冷気を肌に受けて、真由子は窓枠にもたれる。

石畳のガッセ(小路)を行く酔っぱらいか、随分と調子はずれな歌声が石積みの壁に跳ね返って、ここまで届いていた。

♪ララ～ララ～、ラララララ～♪

暫く耳を傾けていると、その節回しがヨハン・シュトラウス二世の「美しき青きドナウ」であることに気づく。随分と音痴だが、伸び伸びと気持ち良さそうだった。

『由希、聞こえる？　ウィーンに来たのよ』

心の中で囁いて、真由子は胸もとに垂れ下がったリボンを手に取る。そして、娘の髪にキスをする代わりに、そっと唇に押し当てた。

十二月の現地は曇天が多いと聞いていたが、見上げる空はオレンジからライトブルーのグラデーションが美しい。

極寒の朝、吐く息は忽《たちま》ち凍りついて綿菓子状になって消える。まだ買い物客で賑わう前の静かなケルントナー通りを歩いて、オペラ座の前を過ぎる。大通りとリンク（環状道路）が交差する場所に立って、ああ、と真由子は思わず声を洩らした。

紛れもない、ウィーンだった。

十年前、徹とともに新婚旅行で訪れた時の姿と殆ど変わっていない。中世と現代とがミックスされた不思議な街並み。その美しさに、真由子は息を呑む。

――ウィーンは二十三区、東京と同じなんだけれど、ずっとコンパクトで、こ

の一区に見どころが集中してるんだよ

十年前、同じこの場所で、徹からそう教わった。遠い日の思い出が一気に押し寄せて、真由子は立ち竦んだまま天を仰ぐ。

通勤客が真由子の傍らを通り過ぎる時に「グーテ・ライゼ（良い旅を）」と小さな呟きを残して去った。観光客が感極まっている、と思ったのだろう。

自身に掛けられた言葉と知り、真由子は視線を転じて、ダンケ、と微かに応えた。折しも、眼前のリンクの西側から、路面電車がこちらに向かってくるのが見えた。

やや縦長のシャープな車体は、上部がベージュ、下部が鮮やかな赤のツートンカラー。地元では「シュトラーセンバーン」と呼ばれるトラムだった。

運転手と目が合った。停留所はすぐ傍だったが、真由子はさり気なく視線を外した。それが旅の目的のはずなのに、どうしても、足が向かない。トラムが遠ざかるのを見送って、どこか目指す場所があるかのように、小走りでリンクを横切った。

少し歩くと、地下鉄のマークにカールスプラッツと読み取れる表示があった。確か、左に折れると、ニューイヤーコンサートで名高い楽友協会ホールがあるはずだった。新婚旅行で訪れて観光しただけなのに、土地勘が残っていることに、少なからず驚く。

——うちの百貨店は、ウィーンに支店があるんだ。僕も研修で滞在したことがある。短い期間だったけど、とても良い街だった
百貨店の外商部勤務の徹のひと言が決め手になって、夫婦となって初めて訪れる地をウィーンに決めたのだ。

見合いから半年ほどで結婚に至った二人にとって、異国での五日間で互いを深く知るのは、とても心躍ることだった。

もちろん、それまでに幾度もデートを重ねてはいたけれど、恋人同士の甘やかなものとは程遠かった。どちらかといえば周囲から望まれるまま「結婚」というゴールに向けて二人三脚で走っている感じだった。ウィーンに来て初めて、お互いにちゃんと向き合えたように思う。

タオルひとつ取っても、厚手と薄手、どちらが好みか。柔軟剤を使うか否か。習慣や好みの違いに驚いたり感心したり、と忙しかった。

個人旅行だったので、時間やスケジュールに縛られることなく、ゆっくりと好きな場所、気になったところだけを観光した。手を繋ぎ、学生時代の思い出や好

きな本のこと、色々な話が出来ることが楽しかった。

何より、トラムの木製の椅子に座り、肩を寄せ合って車窓を眺める時間の愛おしかったこと。外の寒さを感じないほどに、ガラス窓から明るい陽光が射し込んでいた。

トラムは「一番」が内回り、「二番」が外回りで、どちらも三十分ほどをかけてリンクを一周する。美術史博物館、マリア・テレジア広場、自然史博物館、国会議事堂、市庁舎、ウィーン大学、ドナウ河沿いから応用美術館、市立公園と、車窓に映る景色には飽きることがない。

——今は都内も郊外も土地が高くて手が届かないけれど、こつこつ貯蓄して、いずれ一戸建てを持ちたいんだ
そんな夢も打ち明けられた。

株価が急落し、バブル景気に陰りが見え始めていたものの、地価はまだ高い。それぞれの親に援助してもらうことも出来るだろうに、それを良しとしないひとだった。そんな誠実で真っ直ぐな人柄をとても好ましく思い、ともに生きる幸せを噛み締めていた。

最終日、再訪は何時《いつ》とも知れないため、ふたりしてぎりぎりまでトラムに揺ら

れ、愛しい街を瞳と心に刻んだ。

あれから丁度、十年。

我が子を授かる喜びと、その子を弔う悲しみ、人生の天国と地獄を経験することになるとは思いもしない。

ゴメンね、由希、と真由子は胸もとのリボンに手を遣って、娘に詫びる。

トラムに乗り込む自信がない。

乗れば、人目も憚らずに泣いてしまいそうだった。

前方に、赤茶けた外観の建物を認めた。見覚えのあるそれは、楽友協会ホールだった。

取り敢えず、今日を過ごす場所を見つけて、真由子は小さく吐息をついた。

夜のうちに降りだした雪は、翌朝には街をぽってりと厚く包み込んだ。

この季節の積雪には慣れているのか、人も車も戸惑う様子はない。

「ヴォティーフ教会ですか？」

ホテルのフロントマンは、外を示して、

「マダム、それならトラムを利用されては如何でしょうか」

と、交通網に麻痺がないことを、聞き取り易い英語で伝える。

いえ、と真由子は部屋の鍵を渡しながら、タクシーを呼ぶよう、再度頼んだ。

有名な教会の多くは、リンクの内側にあるが、ヴォティーフ教会はリンク外に位置する。美しいステンドグラスで有名だが、何よりもその外観が美しい。近くに在るウィーン大学と同じ設計士の手によるものだ、と徹から教わったことを覚えている。

「シェーネン・ターク・ノホ(良い一日を)」

十分とかからずに目的地に着くと、運転手は明るく言って、真由子を下ろした。

雪を纏《まと》った公園越し、蒼天を貫く二本の塔に迎えられた。ヴォティーフ教会の緻密で荘厳な外観は、ここを訪れるのが二度目にも拘わらず、圧倒される。

何て綺麗なんだろう、と真由子は広場の中ほどに立って、クリスマスツリーにも似た二本の塔を見上げた。まだ開館まで時があるのだろう、手持ち無沙汰に待つひとが多い。

「ああ、やっぱりそう」

ふいに、日本語が聞こえた。

「やっぱり、あの時のあなただわ」

声の方を見れば、頭から薄紫色のストールを被った老女が片手に杖を持ち、もう片手を少し上げて親しげに振っていた。

防寒のためのストールから覗くのは、金縁の眼鏡だけで、顔がわからない。第一、ウィーンに高齢者の知り合いが居るはずもなく、真由子はどう応じたものか、戸惑いの眼差しを相手に向けた。

老女はストールを首まで下げて、にこやかに笑ってみせる。

「覚えてらっしゃらないかしら？　ほら、成田空港でテレホンカードを」

そこまで言われて、真由子はハッと気づく。

まさしく、公衆電話のコーナーで、テレホンカードを譲った相手だった。

「まぁ、こんなところで……」

思いがけない再会に、真由子もまた唇を綻ばせる。

自由行動の多いツアーでこちらに来ている、という老女と、ベンチに移って話し込んだ。

「よく私だとお分かりになりましたね」

出発前の慌ただしい時、空港でほんの少し関わっただけだった。目立つ風貌でも服装でもないのに、と不思議そうに尋ねる真由子に、老女は、

「衿もとの、そのビロードのリボンが素敵でしたから」

と、にこにこと種明かしをした。

ビロードのリボンは黒や茶などの暗い色が多く、黄色は珍しい。黄という色が魔除けになると聞いて、あちこち探し回って見つけた品だった。

娘の形見が老女の眼に留まっていたことに、母は胸を衝かれる。思わずリボンに手を遣って、ぎゅっと握り締めた。

「ちょっとごめんなさいね」

老女はそう断って、脇に置いたバッグに手を入れて、中のものを取りだした。革張りの小振りの額に写真が納まっている。茶色のスウェードのジャケットを着込んだ、白髪に白眉の老紳士が写っていた。

「お父さん、ここがヴォティーフ教会ですよ」

老女は写真に向かって優しく話しかけると、写真を教会の方へと向けた。

「亡くなった主人なの」

「そうでしたか」

遺影と一緒に旅をしているのだ、と察して、真由子はしんみりと相槌を打った。

「『金婚式にはウィーンに連れて行く』というのが、主人の口癖でねぇ。果たさぬまま五年前に亡くなりました。私ももう先が知れてますから、思いきって慰霊の旅をしています」

老女はそっと写真を自分の方へと向け、優しく撫でてみせた。

カメラを向けられて緊張しているのか、少し固い表情で写っているひと。生真面目さと誠実さが滲み出ていた。目の前の女性と並べば、本当に似合いの夫婦だろう。

「失礼な言い方かも知れませんが」

慎ましく断ってから、真由子は、

「ご主人はお幸せですね。亡くなられてからも、こんなに大切に想われて……。夢の中でも、会いに来られたりしますか？」

と、尋ねた。

「それが、あなた」

ほっほっ、と老女の口から笑い声と白い息が洩れる。

「全然なの。娘の夢枕にはちょくちょく立つらしいのだけれど、私の所には全然なんですよ」

こっちは五年も待っているのにねぇ、と老女は写真を指で軽く弾く仕草をした。

恨み言でありながら、どこか朗らかな物言いだった。

そうですか、と真由子は声低く応じる。

「ひと目会いたい、と……夢でも良いから会いたい、と願う相手ほど、決して現れてくれないものなのかも知れませんね」

翳りのある表情から何か感じたのか、老女はまじまじと真由子を見た。もしかしたら、大切な誰かを喪った悲しみを、読み取ったのかも知れない。

「亡くなったあと、魂がどこへ行くのか、本当のところはわかりゃしません。だからこそ、夢で会えるなら、と願わずにはいられませんよね」

老女は、教会の塔へと視線を転じて、「でもねぇ」と続ける。

「夢枕には立ってくれなくても、今、確かに傍に居る。そうとしか思えない瞬間があるの。悲しみに溺れている時には、まるで気づけなかったけれど」

額の写真を胸にそっと抱いて、老女は穏やかに話す。

「ひとに話せば『錯覚』で済まされてしまうかも知れない。でも、確かにあるんですよ、奇跡のような瞬間がね」

日々の暮らしの中で、亡き夫の気配を感じ、温かさに包み込まれる一瞬がある、と老女は微笑みながら打ち明けた。

老女のひと言、ひと言が胸に沁みて、真由子の双眸に涙が膜を張り始めた。待ちかねていた開館時間を三十分近く過ぎて、漸く、教会の重い扉が開いた。ひとびとが、三々五々、中へと吸い込まれていく。

「すっかり冷えてしまったわ。中でお手洗いを借りないと」

夫の遺影をバッグに戻して、老女は杖を支えにベンチから立ち上がった。

「あなたはどうなさるの？　もし、中を見学されるなら、御一緒しませんか」

真由子は一旦、椅子から立って、いいえ、と軽く頭を振った。

「私はもう少しここに居て、それからトラムに……」

胸もとのリボンに手をあてがい、迷いを断ち切って続ける。

「トラムに乗ろうと思います」

トラムに、と繰り返すと、老女は口もとを緩めて象牙色の歯を零した。

「トラムは便利だし、風情があって良いわねぇ。私もウィーンにいる間は、沢山乗るつもりです。私くらいの年代の者には、懐かしい乗り物なの。昔はね、日本のあちこちで沢山の路面電車が走っていたから」

ではお互いにウィーンを楽しみましょうね、と老女は優しく言い添えて微笑んだ。極寒を抜けた先に咲く、辛夷《コブシ》の花を思わせる笑顔だった。

二段に分割されたガラス窓から、弱々しい冬陽が射している。

木製の座席の下に暖房が仕込んであるらしく、トラムの車内はとても暖かい。

分厚い本を読む中年の男性、バッグを胸に抱えてうたた寝する老人、イヤホンを耳に挿し鍵盤を叩く素振りの女性、と乗客の殆どが地元のひとだと思われた。

二人掛けの席に座って、真由子はぼんやりと窓の外に目を向ける。

車窓から見える光景も、トラムの中も、十年前と少しも変わらない。

違うのは、傍らに徹が居ないことと、真由子自身が、幸せな新妻から一転、子を喪った母親になったことだった。

通路側に座っていた、徹の横顔を思い出す。

最終日、窓からの陽射しに眩しそうに双眸を細め、「また必ず、一緒に来ようう」と繰り返していた夫。

――この一年、あなたは仕事に逃げた

――自分を責めるしかなかった私には目もくれず、徹は仕事に逃げたじゃないの

成田空港からかけた電話で、夫に投げつけた台詞が、今さらながらこの胸に深

々と突き刺さる。

そうではない。徹が苦しんでいないはずがない。

俺を殺せ
由希の代わりに俺を死なせてくれ
愛娘を喪った父親の慟哭が、今なお耳の底に残る。

茶毘《だび》に付す直前、小さな棺に取り縋り、離れようとしなかった徹。けれど、初七日の法要を済ませた翌日には、職場に戻っていた。

勤務先の百貨店の経営母体が、かなり厳しい状態にあることは、社員やその家族の間で以前から囁かれていた。年が明けてから、百貨店自体の経営悪化は明らかになった。盛夏を迎える頃には持ち堪えられなくなり、民事再生法の適用を申請することとなった。徹は外商部の一員として、連日、顧客への対応に追われていたのだ。

服喪の身でありながら、出勤前、玄関の鏡の前に佇み、服装に乱れがないかを検め、無理にも口角を上げ、張り付いた笑みを浮かべていた。

あの時の徹の胸中を、どうして慮ることが出来なかったのだろう。徹の置かれた立場を頭ではわかりながら、何故、理解しようとしなかったのか。

──悲しみに溺れている時には、まるで気づけなかったけれど
ヴォティーフ教会で出会った老女の言葉が、ふと蘇った。

そう、溺れていたのだ。自分だけの悲しみに、息をするのも困難なほど溺れてしまっていた。

今さら気づいたところで、もう取り返しも、つかないのではないか。

物思いに沈む真由子を乗せて、トラムはドナウ運河沿いを、ごとごとと進む。

何時しか、空を雪雲が覆い、窓の外に小雪が舞っていた。

乗客は幾度も入れ替わり、シュヴェーデンプラッツ駅で幼子を連れた若い夫婦が降りたあと、真由子だけになった。

誰かの忘れ物か、床に銀紙で作った何かが落ちている。車体の振動で右左と転がり、真由子の足もとで止まった。転がり続けるのが忍びなくて、拾い上げてみれば、少し潰れているが、クリスマスツリーにつける飾りだった。星型に筒状のものが付いているところから、ツリーの天辺に取り付ける星だとわかる。

ベツレヘムの星──由希からその名を問われた時には、答えられなかったものだ。腰を浮かせて通路側へ身を寄せると、窓際の席にそっとベツレヘムの星を置く。一緒に旅していたなら、そこは娘のための席だった。

真由子は胸もとのリボンをぎゅっと握り締めて、娘の名を呼んだ。由希、由希、と。

あとに遺された父と母。心痛を分かち合うはずが、己の悲しみに溺れるばかりの母親を、由希はどんな想いで見ているだろう。どれほど切なく、不安な気持ちにさせていることか。

「由希、ゴメンね。こんなママでゴメン。パパと来られなくて、ゴメンね」

言葉にした途端、涙が溢れて、前の手すりに取り縋って顔を埋める。愛し子の名を呼び、母は詫び続けた。ビロードのリボンの結び目が解けて、長く垂れ下がっていた。

冬木立と積雪の市立公園を車窓に映して、トラムはごとごとと走る。乗り込んでくるひともなかった。車内はほどよい暖かさで、振動の音も少しずつ遠のいていくようだった。手すりに突っ伏したまま、真由子は眠りに誘われた。

瞼の奥に、徹の姿が映る。ダウンコートの前を閉じるのも忘れて、必死の形相で駆けている。

シンガー通りからケルントナー通り、手あたり次第にホテルに飛び込んでは、宿泊者の中に真由子が居ないか、尋ね回っている。

夢だとわかりながら、頭の芯が冴え冴えとしていた。ふと、解けたリボンの端に、誰かの指がかかるのを感じた。次いで、柔らかな手が真由子の髪に触れる。

小さな、小さな、柔らかい手。

幾度も握り締めた、あの手だった。

右肩から上腕にかけて、やんわりと重みが加わる。母親を案じ、その哀しみを宥《なだ》めるように、優しくもたれかかっている。覚えのある、愛しい重さ。

ああ、由希だ、私の娘だ。今、確かに隣りに座っている。

閉じた瞼から、涙が溢れて滴り落ちた。

ママ、ママ

パパが迎えに来たよ

震えるほどに懐かしい、由希の声だった。

「由希！」

真由子は娘の名を呼び、抱き締めるためにバッと身を起こす。

隣席に愛娘の姿はなく、銀紙の星が鈍く光るばかりだ。

その時だった。

停車したトラムのドアが開いて、新たな乗客が現れた。見覚えのあるダウンコートを身に纏った夫だった。

　妻は弾かれたように立ち上がる。

「真由子」

　左右に揺れる車両の中を、徹は妻の傍へと大股で歩み寄る。

「徹」

　真由子の双眸から涙が噴きだした。

　夫は妻の前に立つと、

「由希が……由希が、この窓から手を振っていたんだ」

と、震える声で告げる。

　妻の姿を探しあぐねて、呆然とリンク沿いを歩いていた時、傍らを通り過ぎるトラムの車窓に我が娘を見たのだという。

「ほんの一瞬だったけれど、すごく嬉しそうに、僕に手を振っていたんだ。お気に入りのピンクのコートを着て……」

　信じてくれなくても良い、でも、あれは確かに由希だった、と徹は言って、顔を歪めた。下瞼に涙が溜まっていた。

　ああ、と真由子は思わず両の掌で唇を覆った。

――今、確かに傍に居る。そうとしか思えない瞬間があるの
――確かにあるんですよ、奇跡のような瞬間がね
老女の言葉が、今に重なる。

「私は、声を聞いたの」

くぐもった声で、真由子は打ち明ける。

「『パパが迎えに来たよ』って、あの子、そう言ったのよ」

真由子は両の手を夫に差し伸べ、その胸に顔を埋める。徹もまた、妻を強く抱き締めて、涙を零すまい、と天を仰いだ。

亡き娘の想いを分かち合い、互いの悲しみを埋めて抱き合うふたりを乗せて、トラムはごとごとと走り続ける。

小雪の舞う王宮を右に従え、やがてブルクリンク駅に向け、ゆっくりと徐行を始めた。トラムの到着を待ちわびていたのだろう、家族連れが安堵した風に手をあげて合図を送っている。

黄昏時のモカ

美津子《みつこ》は困っていた。

齢《よわい》七十二にして、どうやら「ナンパ」なるものをされているらしい。それも、旅先のウィーン、ヴォティーフ教会を出たところで。

「ダイジョーブ、ボクに任せてください」

身を屈めて、美津子の顔を覗き込んでいるのは、髪の亜麻色とダッフルコートの白の取り合わせが爽やかな青年だった。遠視用レンズの眼鏡が、十年ほど前にテレビでよく見かけた、外国人タレントを思い出させる。すぐに名前が出て来ないのだが……。

それにしても、「日本語を勉強中なので、実践のためにウィーンを観光案内させてほしい、それも無料で」という口説き文句は如何なものか。それとも美津子が知らないだけで、ミレニアム（西暦二〇〇〇年）の今年、そんなナンパが流行

ないるのか。

ったため、身振り手振りが出来ない。
右手に杖、左手にバッグ、両手が塞がっているため、身振り手振りが出来ない。
やむなく首を強く左右に振って、断った。刹那《せつな》、防寒のために頭から被っていた
ストールが、はらりと落ちた。
青年はさっと拾い上げて、薄紫のストールについた雪を叩《はた》き落とし、美津子の
肩に掛ける。とても自然で、紳士的な動作だった。
「ありがとう」
「どういたしまして」
流暢な日本語で応じて、青年はにこにこと笑う。
一体、何が目当てなのだろう。
お金か、それとも身体か――己の考えに、美津子はつい噴きだしてしまう。
そうしたものが目当てなら、それに見合う標的を選ぶだろう。何もこんな倹《つま》し
い身形《みなり》の年寄りを相手にせずとも、ブランドで身を固めた若い日本人女性旅行者
がケルントナー通りには溢れているのだから。
我ながらおかしくなって、美津子は声を立てて笑い続けた。

「おお、『笑う門には福来る』ですね」

老女の高笑いに戸惑う素振りも見せずに、青年は人懐こい笑みを浮かべる。

そうだ、確か、ケント・デリカット！

日本語が上手で、たしなみがあって、とても好ましい、と思っていたタレントの名を美津子は思い出した。目の前の青年は、その彼にそっくりなのだ。

「あなた、お名前は？」

「クラウスです。クラウス・ティヒィと言います」

クラウス、と繰り返して、美津子はすっかり楽しくなる。昔々、娘が熱を上げていた漫画の登場人物と同じ名前だった。

このところ、とみに衰え始めた記憶力だけれど、ケント・デリカットもクラウスもちゃんと思い出せたことが誇らしい。

「教えてくれて、ありがとう。私は美津子」

おお、ミツコ、とクラウスは弾んだ声を上げる。

「ゲランの香水にある名前ですね。チャーミングな響きです」

生まれて初めて名前を褒められて、美津子は上機嫌だ。

「じゃあ、クラウス、私にミレニアムのウィーンを案内して頂戴な」

日本に居る娘が知ったなら、「不用意にもほどがあるわ。新手の詐欺に決まってるじゃないの」と怒り狂うに違いない。出国間際にかけた電話でも、「親切な振りで近寄って、物を掏《す》り取る悪人も居るから、充分に気を付けて」と釘を刺されていた。

だが、海外旅行保険にもしっかり入っている。

また、成田空港で親切にテレホンカードをくれた女性に、この教会で再会したことも、美津子の気を大きくさせた。

目の前の好青年に、命まで取られるとも思えない。亡き夫との約束を叶える慰霊の旅で、詐欺に遭うのもまた一興。それも旅の醍醐味だわ、と美津子は腹を据えていた。

「最初は、何処に案内してくださるの？」

美津子に聞かれて、クラウスは眼鏡の奥の瞳をくるくるさせて、少し考えた。

「では、レディ・ミツコ、地下鉄でシェーンブルン宮殿へ」

「素敵！　映画『会議は踊る』の舞台になったところね。『ただ一度だけ』という歌が、とても素晴らしい映画だった」

そう言えば、とポケットを探って、美津子は薄いカードを引っ張りだした。

「私、ウィーンカードを持っているのよ」

地下鉄、市電、バスが七十二時間、乗り放題の上に、観光スポットやレストランの割引を受けられる、旅行者向けのお得なカードだった。添乗員に教わって、昨日、買い求めたものだ。

プリマ（素晴らしい）、とクラウスはきゅっと親指を立ててみせた。

シェーンブルン宮殿は、女帝マリア・テレジアが愛した夏の離宮で、その娘、マリー・アントワネットも十五歳までここで育てられたという。

部屋数二千、それに庭園や温室、動物園等々と見どころも満載なのだが、足の悪い美津子にとって、中々に難易度が高い。

「クラウス、あまり欲張らずに宮殿の中だけにしましょう。それでも廻りきれる自信がないわ」

「大丈夫、ここは無料で車椅子を貸してくれます」

クラウスはそう言って、調達した車椅子に美津子を乗せて運んでくれた。

夫の遺影を胸に抱いて、サロンだのギャラリーだの寝室だの、と絢爛豪華な部屋を見て回る。次のフロアーに移るのに、通常は階段しかないのだが、スタッフの配慮で、事務所を通り、倉庫を抜け、業務用エレベーターを使わせてもらえた。書類が山と積まれた机や梱包途中の絵画など、宮廷とのギャップが何とも楽しく、面白い。

スタッフに先導されて、車椅子を押しながら、クラウスは少なからず興奮していた。

「ミツコのおかげで、ボクもバックヤードを見ることが出来ました」

「それは良かった。あまりに煌《きら》びやかな部屋ばかり見ていると、目が疲れてしまう。つくづく、こんな大変なところで暮らさなくて済むことに、感謝したくなって来たわ」

やれやれ、と軽く頭を振る美津子に、クラウスは、

「非公開の部屋は、実は賃貸マンションになっていて、月五万円ほどの家賃で住めるのですよ、ミツコ」

と、澄ましている。

「宮殿がマンション!?」

「ええ、でも、実際に暮らすひとには評判が悪いのです。もともとは召使の部屋だから天井は低いし、観光客で騒がしいし」

ボクだってゴメンです、とクラウスは肩を竦めてみせた。

日本人は金閣寺に住もうとは思わないだろう。この国の人々の発想に、美津子は妙に感心したのだった。

セロリにレッドオニオン、ジャガイモ、カリフラワー、黄かぶにトマト。ピーマンやキュウリに似たもの、南瓜《カボチャ》らしきもの。

平台に所狭しと並べられた、緑、紫、茶、白、黄、赤と彩豊かな食材に、「まぁ！」と美津子は思わず華やいだ声を上げる。

「知らないお野菜が一杯だわ」

何て素敵、とうっとり見惚れる美津子に、

「気に入って、良かったです」

と、クラウスは相好を崩した。

宮殿に続いて、クラウスが美津子を案内したのは、ナッシュマルクト。ウィーンのひとびとの胃袋を満たす、食料市場だった。肉、魚、野菜に果物、乾物等々、ありとあらゆる食材が売られている。

「名物料理の『ウィンナー・シュニッツェル』は日本で言えば『子牛のカツレ

ツ』。美味しかったけれど、付け合わせにポテトが少し添えてあるだけだったの。ホテルの朝食バイキングでもお野菜は殆どないし。ウィーンでは、あまり野菜を摂らないのかしら、と思っていたのよ」

さほど広くない通りを、足が悪いのも忘れて、美津子は浮き浮きと歩く。

「ミツコ、リンゴをどうぞ」

何時の間に買ったのか、クラウスからリンゴをひとつ差し出されて、美津子は慌てる。

「歯が悪いので、丸かじりは無理なのよ」

「ウィーンのリンゴは柔らかいから大丈夫」

紙袋からもうひとつ取りだしたリンゴを、コートの隅できゅっきゅっと擦って、クラウスはかじってみせる。予想したような「サクッ」という音はしない。

どれ、と美津子も恐る恐る歯を立てると、熟柿を思わせる食感だった。

「これは良いわねぇ、『タルト・タタン』を作りたくなるわ」

「ボクの母は、『アプフェル・シュトゥルーデル』をよく作ってくれました」

薄く広げた生地に、カットしたリンゴを巻き込んで、オーブンで焼き上げるのだという。

「ホイップしたクリームをたっぷりつけて食べるのです」

「あら、美味しそう。日本に戻ったら、作ってみましょう。覚えきれないから、あとで料理の名前と材料をもう一度、教えて頂戴な。メモを取るわ」

　小振りのリンゴは、歩きながら食べるのに丁度良い。美津子の世代では「お行儀」を気にして、なかなか出来ないことだが、そこは旅先の気軽さ、リンゴを頬張りつつ、次々と店を覗いていく。

　食材や惣菜を楽しげに眺める美津子に、クラウスは感嘆の声を洩らした。

「ミツコは、本当に料理が好きなのですね」

「ええ、作るのも、それに献立を考えるのも、とても好きよ。栄養士の免状を持っていて、この秋まで病院食の献立作りをさせてもらっていたの」

　病院長が亡夫の友人だったため、古稀を迎えても雇用してもらえていた。けれど、今年になって体力にも記憶力にも自信が持てなくなって、自ら退いたのだ。

「物忘れも増えてきたし、色々と諦めないといけない齢になってしまったわ」

　そう、だから「えいっ！」と思ってウィーンに来たのだ。

　新しいことにチャレンジするのも、そろそろ難しくなっている。今回の旅は、美津子にとって人生で一度きり、最初で最後の海外旅行になるだろう。

美津子の打ち明け話に耳を傾けて、クラウスは何とも寂しそうな表情をみせた。未熟な詐欺師ならば、ここぞとばかりに慰めを口にして、相手に取り入るに違いなかろう。クラウスがどう出るか、不謹慎ながら少しわくわくして、美津子は待った。

クラウスは、下手な同情を示すことなく、

「ミツコ、お昼にケバブサンドを食べませんか？　あそこのは美味しいですよ」

と、お客で賑わう店を示した。

クラウスは三十二歳。

結婚しているが、子どもはいない。同居していた母親は闘病の末に、一昨年、亡くなったという。

書店、雑貨店など庶民派の店が建ち並ぶマリアヒルファー通りを歩きながら、美津子はクラウスから色々と聞きだしていた。

彼の話に、「ああ」と美津子は得心する。

齢のせいもあり、また寒いこともあって、お手洗いが近い。そんな美津子に、クラウスは折を見て「ミツコ、どうぞ」とトイレへと促した。さり気なく優しい心遣いは、高齢者と暮らした経験があればこそだろう。

寂しい年寄りなら、もうそれだけで信用してしまう。もしも彼が詐欺師だとしたら、仕込みは完璧だわ、と美津子は思う。

亡夫も大好きだった時代劇『鬼平犯科帳』。名うての盗賊だった者たちが改心して密偵となり、主人公の鬼平こと長谷川平蔵を助け、事件解決に一役買う人情時代劇だ。その中に、「悪事を働きながら善いことをするのが人間」という旨の台詞があった。

「きっと、クラウスは火付盗賊改方の良い密偵《いぬ》になるタイプね」

美津子の台詞の意味がわからないのだろう、クラウスはきょとんとしている。良いの良いの、と朗らかに笑って、美津子は百貨店を指し示した。

「クラウス、お買い物に付き合って頂戴な」

日本のホテルと同様に、ウィーンのホテルにも、歯ブラシなどのアメニティーやナイトウェア、給湯ポットなどが揃っていると思い込んでいた。現地に来て初めて、そうではないことを知った美津子だった。

ほかは何とか出来ても、歯ブラシだけはどうにもならない。念のために持参した使い捨て歯ブラシでは、やはり心もとなかった。

「ＯＫ、ミツコ。ご案内します」

さぁ行きましょう、とクラウスは美津子を誘《いざな》った。

日用品売り場で買い物を済ませて、受け取ったお釣りをポケットにしまう。通貨はシリングとグロッシェン。グロッシェンというのも漸《ようや》く覚えた。

「でも、オーストリアでの通貨も、もうすぐユーロになってしまうのよね」

「今はまだ帳簿の上だけの通貨で、実際に流通するのは二〇〇二年からだそうです」

色々な国で共通して使えるのは確かに便利だけれど、やはり寂しい、とクラウスは言い添える。

わかるわ、と美津子は深く頷いた。

「私が結婚した頃は、五十銭銀貨という綺麗な硬貨がまだ現役だったのよ。今、そんな話をしたら、化石扱いだもの」

もうあと二十年もしたら、シリングもグロッシェンも忘れられてしまうかも知れない。

「風情のある呼び名だし、とても惜しいわねぇ」

手もとにある現貨で他に買っておくべきものはないか、と美津子は辺りを見回した。

ところどころに「ＳＡＬＥ」と書かれた赤いシールが貼られている。日本でも、よく目にする英語表記だった。

美津子の視線の先に、クラウスも眼を向けて、ああ、と頷いている。

「ウィーンは丁度、バーゲンの時期で、今はクリスマスセールの最中なのです。掘り出し物に出会えるので、皆、大好きです」

「日本なら『歳末大売り出し』というアレね」

なるほど、赤札の「ＳＡＬＥ」に胸躍るのは、国を問わないのだろう。良い時期に来たものだ、と、美津子はバッグの中の財布をぎゅっと握り締める。

「ミツコ、何か手に入れたいものはありますか？　ボクのお薦めは革製品です。丈夫で美しく、長持ちしますよ」

「それなら娘に革財布と、とびきり上等の鞄も贈りたいわ。自分のものはあまり買わない子だから」

せっかくのウィーン、せっかくのバーゲンだもの、娘のために散財しても罰は当たらないだろう。

意気込む美津子に、クラウスは思案顔になった。

「ミツコ、ボクがあなたの子どもなら、それは嬉しくないです。子どもは何時だって、親には親自身のためにお金を使ってほしい、と願っています」

なるほど、そう来るのね。

こちらの所持金を減らさない作戦だ、と美津子は密かに頷く。詐欺師として至極真っ当な戦略だった。

ウィーンにはあと三日、滞在するし、娘のための買い物ならまた出直せば良い。

「ウィーンの思い出に、ミツコ自身のためのものを買ってはどうでしょう」

クラウスのさらなる提案に、美津子は考え込んだ。今さら高価な財布や鞄を買ったところで、先も長くないし、持って出歩くあてもない。だからといって、歯ブラシと歯磨き粉だけというのも、如何なものか。

そう思って館内をぐるりと見渡した時、美津子の視界の端に、ある物が映った。

鍋だ、それも、オールステンレスの。

あれはもしや、フィスラー社のものではないか。

目を細めて注視すれば、見覚えのあるロゴの下に、「50％ＯＦＦ」の表示。美津子は、床板を撃ち抜かんばかりに杖を突いて、売り場へと急ぐ。

ミツコ、ミツコ、待ってください、と背後からクラウスの焦り声が追いかけて来た。

何時の間にか、小雪が舞っていた。

冬のウィーンは、東京に比して日没が早いためか、まだ三時前だというのに、妙に薄暗い。リンク（環状道路）添い、双子のような自然史博物館と美術史博物館が、ゆっくりと車窓を過ぎていく。

「ミツコは本当に不思議なひとです」

暖かなトラムの車内、二人掛けの椅子に並んで座って、クラウスはつくづくと言った。

彼の膝に載せられた紙袋の中身は、半額で買ったフィスラー社の鍋と専用のクレンザーだった。

「あらそう？　でも、お陰様で良い買い物が出来たわ、ありがとう、クラウス」

美津子は、すこぶる機嫌が良い。

フィスラーはドイツの調理器具メーカーで、美津子はあらゆる調理道具の中で、ここの寸胴鍋が最も好きだった。

オールステンレスで清潔、どういう仕組みか、持ち手も熱くならない。蓋を持ち手に引っ掛けることが出来て、とてもお洒落。何より、底が厚いので具材が焦げ付きにくく、煮込み料理にぴったりなのだ。

ただ、娘が家を離れ、夫も亡くなってからは、その大きさと重さが手に余った。自分の分だけを手軽に作れるサイズのお鍋が欲しいのだが、日本では手に入れることが叶わなかった。よもやウィーンで巡り合えるとは思いも寄らない。

「あ、あれが」

クラウスが窓の外を示す。

「あれがボクの住まいです」

リンクの内側、古めかしく重厚な建物が並んでいる。クラウスの指すものがどれか、今ひとつ明確ではないが、いずれも由緒のありそうな建造物ばかりだ。

いや、ないない。

あんなところに住めるわけがない。

しかし、「いや、待て」と美津子は考え込む。シェーンブルン宮殿にだって住めるくらいだから、もしかすると……。

「ウィーンの中心街だから、きっと便利でしょうね」

出任せかも、と思いつつ、美津子は当たり障りのない返事をする。

「親の代からのアパートです。ウィーンでは礼金がとても高い。五百万円くらいするので、引っ越しは考えていません」

その代わりに、ウィーンの森に土地を買って、日曜大工で別荘を建てている、とクラウスは得意そうに胸を張った。

「日曜大工⁉」

礼金の高さも、日曜大工での家作りも、美津子には信じ難い。物知らずの年寄りだと思って馬脚を露《あら》わしたのかしら、と美津子は訝《いぶか》しんだ。

老女の不審を読み取ったのか、相手はほろ苦く笑う。

「ウィーン人の多くは、そうやって家を手に入れるのです。ボクは先週やっと、煉瓦《れんが》を積み終えたところで、まだまだ先は長い」

ほら、とクラウスは左右の掌を上にして開いた。指の付け根の辺りに、マメの痕跡がまだ痛々しい。

果たして、日曜大工で家を建てる詐欺師、というのが世の中に存在するものだろうか。

どうにも答えが見つからず、美津子は膝に置いたバッグをまさぐり、夫の遺影を取り出した。

お気に入りだった茶色のスウェードのジャケットを着て、少し緊張した面持ちで写っている。戦友会に出かける前に撮った一枚だが、写真が苦手な夫にとって、これでも精一杯の笑顔だった。

ねぇ、どう思う？　と心の中で亡夫に問いかけるも、返事はない。

「とても優しそうなひとです。ミツコとお似合いですね」

脇から写真を覗き込んで、クラウスは両の眼をギュッと細めた。

「そうね、頑固なところもあったけれど、優しいひとだった。映画と音楽が大好きでね。生きていれば、今年が金婚式――結婚五十年だったのよ」

五十年、と繰り返して、クラウスは、

「素晴らしいです。でも、一緒に金婚式を迎えられないのは、寂しいですね」

と、美津子を労わった。

終戦から五年、日本中が貧しい時代に、周囲の勧めるまま所帯を持った二人だった。会社員だった夫は一念発起して不動産鑑定士の資格を取り、小さな事務所を開いた。軌道に乗るまで大変で、乗ったあとにもそれなりの苦労が待っていた。

たまの息抜きは音楽と映画、中でもお気に入りなのは、ウィーンを舞台にした映画やシュトラウス作品。美津子も夫に感化されて親しむようになっていた。

今は無理だが、金婚式にはウィーンに連れて行くよ――それが夫の口癖だった。しかし、金婚式まで五年を残して、さっさと一人で彼岸へと旅立ってしまった。

「寂しいのは本当にそうね。ただ、時々、『ああ、今、傍に居る』と思う瞬間があるのよ」

リビングでうたた寝してしまった時、「風邪を引くぞ」と肩を叩かれたり、発熱して心細い時に、額に置かれる掌を感じたりする。美津子にとって、それは夢でも勘違いでもない。

美津子の台詞に、クラウスは深く頷いた。心なしか、ブルーの綺麗な瞳が潤んで見えた。母親を一昨年に亡くした、と話していたから、似た経験があるのだろう、と美津子は慮った。

ふいに、窓の外が眩く煌めいた。二人は揃って視線を転じる。

午後三時、街中のクリスマス用のイルミネーションに一斉に灯が点ったのだ。まだ夕暮れまで時があるが、オレンジ系の暖色のライトが真冬のウィーンを美しく彩る。

トラムは国会議事堂を過ぎようとしていた。

「ミツコ、次で降りましょう」

紙袋を左手に抱えて立ち上がると、クラウスは美津子に右手を差し伸べた。

クリスマスを控えたこの時期は、街のあちこちで「クリスマスマーケット」と称する市が立つ。温かな飲み物や食べ物を扱う屋台、ツリーを彩る装飾品、手土産やクリスマスプレゼントに最適な雑貨等々、様々な屋台が集まる。日の出が遅く、日の入りが早い極寒のウィーンで、ひとびとを魅了して已まないのが、このクリスマスマーケットだ。

ウィーンのあちこちで開催されているが、最も規模が大きいのが、ウィーン市庁舎前のそれだった。

「何て美しいんでしょう」

市庁舎前広場の光のアーチを潜ったところで、美津子は思わず立ち竦む。昨日もそれに今朝もトラムから眺めたはずの市庁舎が、今、まるで異なる顔を見せていた。

樹々には照明が巻かれ、室外遊具や屋台の灯と相俟って一帯は光の海と化している。ひときわ目を引く、濃い緑に種々のオーナメントを纏ったツリー。その奥、開け放たれた窓から、庁舎内の照明が洩れて、建物全体が輝く王冠のようだ。あまりの美しさに息を呑むばかりだった。

「ミツコ、両手が塞がっていては、とても危ないです」

大層な賑わい、それに食べ物や飲み物を手にしたひとたちで周囲はごった返している。通行人と肩がぶつかってよろめく美津子を見かねたのか、クラウスは、

「ボクがバッグを持つので、ミツコはボクの腕に摑まってください」

と、提案した。

「でも、もうお鍋も持ってもらっているし、悪いわ」

「ミツコが転ぶ方が心配です」

確かにそうね、と美津子は遺影の入ったバッグをクラウスに預け、片手で杖を突き、もう片手を彼の腕に委ねる。

クリスマスマーケットの屋台では、クリスマスらしい可愛いマグカップに湯気の立つ飲み物を入れて飲ませるお店が多い。

「あれは、ホットワイン?」

「ワインベースで熱いのは『グリューワイン』と言います。あと、蒸留酒ベースでジュースを混ぜた『プンシュ』も、ウィーンではとても人気があります」

ほら、この店がそうです、とクラウスは店を指し示す。

アルコールの含まれないものもあるのだろう、子どもたちが美味しそうに飲んでいる。温めたジュースというのが想像できず、好奇心に駆られて、美津子はクラウスから離れて店内を覗き込んだ。

鍋の中にカシスジュースを思わせる色のもの、薄くスライスしたオレンジ、それにシナモンスティックとクローブが浮いている。あれなら飲めるかも知れない。

「試してみようかしら」

ねぇ、クラウス、と後ろを振り返った。

だが、そこに居るはずのクラウスの姿がない。美津子はきょろきょろと辺りを見回し、クラウス、クラウス、と名を呼んだが、雑踏の中で応える者は居ない。親切なボランティアガイドは、美津子のバッグとフィスラーの鍋を持ったまま消えていた。

ああ、そう来たか。

周囲の喧騒が遠のき、動揺で胸が早鐘を打ち始める。油断して、ついバッグを預けてしまったのが失敗だった。薄紫のストールをぎゅっと摑んで、美津子はじっと耐える。

大丈夫だ、そう、大丈夫。

もしかしたら、と当初から疑いを持っていたので、そうそう落ち込むことはない。大丈夫、大丈夫、と呪文のように繰り返して、ポケットをまさぐる。ウィーンカードと少しの小銭。

手の中のものを検めて、助かった、と美津子は大きく息を吐いた。辛うじてホテルまで帰ることが出来る。

パスポートはホテルに置いたままだから、問題ない。バッグの中のお財布には、カードとシリング紙幣。紙幣は諦めるとして、カードは止めないと。添乗員さんはこうしたトラブルには慣れているだろうから、対応を教えてもらおう。

あとは、亡夫の遺影だ。

娘のデジタルカメラの中に画像は残っているし、幾らでもプリントしてもらえる。ダメージは少ない、と自身に言い聞かせながら、美津子は顔を歪めた。あの写真がクラウスの手でゴミとして捨てられてしまうとしたら、あまりに切ない。

ゴメンなさい。

お父さん、ゴメンなさい。

巨大なクリスマスツリーの天辺に飾られたベツレヘムの星を見上げて、美津子はしょんぼりと両の肩を落とした。

その時だった。

「ミツコ！　レディ・ミツコ！」

紛れもなく、クラウスの声がした。

人波を縫い、クラウスが紙袋とバッグを高々と掲げて、こちらに向かって来るではないか。

「ミツコ、これを」

美津子のもとに駆け寄ると、クラウスは息を弾ませながら、小物らしき何かを差し出した。

掌を開いて受け止めれば、小さな人形と銀紙に包まれたチョコレートだった。

可愛い人形は、ブラシを抱えた煙突掃除人。銀紙のチョコは、よく見れば豚を象《かたど》ったものだ。

「これは一体……」

「煙突掃除人と豚は、ウィーンでは幸運のシンボルです。今日の思い出に、どうぞ」

美津子に贈りたくて、雑貨を扱う屋台まで走ったのだという。

「ありがとう、大切にするわ」

辛うじてお礼を伝えたものの、意外な展開に、美津子は胸が一杯になっていた。もし彼が本当に詐欺師で、こちらの信頼を得るために手の込んだ芝居をしていたとしても、全力で騙されても構わない、とさえ思う。夫の遺影の収まったバッグを受け取ると、美津子は改めてクラウスに向き直る。

「今日は本当にありがとう、クラウス。最後に私にお礼をさせて頂戴な。何か、ほしいものはない？」

美津子からの申し出に、クラウスは、ぶるっと身震いをしてみせて、

「それならミツコ、眺めの良いカフェで熱いコーヒーを一杯、ご馳走してください」

と、応えた。

「一杯と言わず、何杯でもご馳走させて頂戴な」

明るく返したつもりが、声が揺れていた。バッグ越しに夫の遺影をぎゅっと抱き締めると、美津子は心の中で夫に呼びかける。

ありがとう、お父さん。このひとと出会わせてくれて、本当にありがとう、と。

リンクに面したそのカフェは、窓を大きく取ってあり、そこから黄昏のウィー

ンの街並みを眺めることが出来た。

クラウスが注文をする間に、美津子はバッグからメモ帳を取りだして、自宅の住所と電話番号、氏名を書き記した。

「クラウス、これが私の連絡先よ。もしも、日本に来ることがあれば、知らせて頂戴な」

注文を終えたクラウスに、美津子はメモ帳を示し、そのページを破いて渡そうとした。

「待って。破ってはダメです、ミツコ」

美津子の手を素早く押さえて、クラウスは頭を振る。

「ボクが日本語を学びたいと思ったきっかけは、『一期一会』という言葉と出会ったことです」

茶道で「一期に一度の会との思いで誠心誠意、務めよ」というのが本来の意味だった。そこから転じて、一生に一度しかない出会いを大切に、との意味で使われることを知った。

「ヴォティーフ教会でミツコを見かけた時に、亡き母の姿と重なりました。『一期一会』を、母から贈られたように思って、声をかけたのです」

「そう……そうだったの」

クラウスの気持ちを受け止めて、美津子はそっとメモ帳を閉じた。

曖昧《あいまい》な約束を交わすことに意味はない。

もう二度と再会が叶わずとも、今回の出会いで充分だ、と美津子も思う。

「クラウス、ありがとう」

心からの感謝を伝えたあと、美津子はこっそり胸のうちで「ゴメンなさい」と詫びた。これほど善良なひとを詐欺師だと思っていたのだ。ただ、不謹慎だけれど、サスペンスのスパイスが足されて、本当に楽しかった。

洒落た陶器のコーヒーカップが二つ、テーブルに運ばれてきた。美津子は器を両手で包み込み、

「ああ、温かい。冷えた身体には何よりね」

と、温《ぬく》もりを慈しんでから、口をつける。

深煎りのコーヒー豆の、引き締まった味が好ましい。ひと口目のコーヒーは、心地よく食道を通って胃の腑へと落ちていく。

「苦くないですか？　ミツコ」

心配そうに尋ねるクラウスに、いいえ、と美津子は柔らかに首を左右に振った。

「とても美味しいわ。こちらでは、ブラックコーヒーのこと、何て言うのかしら?」

「『モカ』ですよ。クリーム入りがほしい時は『ブラウナー』と注文すれば良いです」

モカに泡立てた温かな牛乳を加えたものは「メランジェ」、同じくモカに甘くないホイップクリームをたっぷりと載せたものは「アインシュペンナー」と呼ぶとのこと。

「ところ変われば、呼び名も随分と変わるのねぇ。日本で『モカ』と言えば、コーヒー豆の種類のことなのよ」

もうひと口、ウィーンのモカを飲む。異国を旅する緊張と疲れが、ほどよく抜けていくようだ。

「『モカ』、良い名前だわ」

美津子は呟いて、カップの中を覗く。少なくなった茶色の水面に、この一日の思い出がゆらゆらと浮かんで見える。教会、宮殿、市場、百貨店、そしてクリスマスマーケット。実に楽しかった。

もっと年齢を重ねたなら、今日の出来事も、クラウスの名さえも、忘れてしまうかも知れない。ずっと頭脳明晰で居たいけれど、思うに任せないのが「老い」なのだ。

それでも、現地の青年と旅先で知り合い、親切を受けて、この上なく幸せな気持ちになったことは、ずっと覚えていよう。この黄昏時のモカとともに。

「ミツコ、ほら、トラムが」

窓の外、夜の気配の漂うリンクを、煌々と光を放ちながら、トラムがこちらに向かって来る。店内からふたりが見守る中、すぐ傍の停留所に、ゆっくりと止まった。

停車したトラムから、東洋人と思われるペアが、ぴったりと寄り添い合って降り立った。

女性の胸もとの黄色いリボンに目を留めて、「まぁ」と美津子は思わず声を洩らす。リボンにも、そして女性にも見覚えがあった。

「どうしたのです？　ミツコ」

「今朝、ヴォティーフ教会で会った女性なのよ。ああ、ご主人とご一緒だったのねぇ」

教会で話した時、とても悲しそうだった。気になったまま、別れたのだ。

雰囲気のよく似た、お似合いのふたりだった。女性の表情が安らいで見えることに、他人事ながらほっとする。

長い人生、予期せぬ難事に見舞われることは必ずある。ひとりでは乗り越えられずとも、誰かの手を引き、誰かに手を引かれているうちに脱することが出来る。美津子自身がそうだった。

三十代と思しき夫婦のこれからに、幸多きことを願う。

「ミツコ、モカをもう一杯いかがですか？」

クラウスに勧められて、そうね、と応えた時だった。

窓の外に向けたままの美津子の眼が、七つ八つほどの小さな少女の姿を捉えた。長い髪に黄色いリボンを結んだ少女は、夫婦の周りを嬉しそうに回ったあと、元気よく駆けだして、黄昏の雑踏の中へと消えていった。

途中下車

横長の四角い窓の外に、心配そうな母の顔と、ガラスに置かれた掌がある。

娘を不安にさせまい、と気丈に振舞っていた母の、何と辛そうな表情だろう。

大丈夫だろうか、ひとりでちゃんと目的地まで辿り着けるのか、とその眼が亜希《あき》に語りかけてくる。

一緒に娘の転校先の高校に向かうはずが、乗り換え駅まで来たところで「ここからは一人で行きたい」と言われてから、母はあの表情を崩さない。

母の眼を直視することを避けて、ガラス窓に置かれたその手に見入る。

腕時計のベルトの穴は七つ。一番細く調整できる穴を使っても、革のベルトは、母の右手首には随分と緩い。強い自制心で、娘に不安や動揺が伝わらないようにしているが、身体は嘘をつけない。

こんなに痩せさせてしまった。

ゴメンね、と謝る代わりに、亜希もまた開いた掌を窓ガラスに置いた。ガラスを隔てて、母の手と重なるように。

大丈夫、このディーゼル車に乗ってさえいれば、ちゃんと終点の網走《あばしり》駅まで運んでくれる。何も心配いらないよ、と掌越し、母に伝える。

ピリピリピィーッと車掌の吹く笛が響いたあと、ゴトン、とディーゼル車は大きく体を動かして、かなりの振動とともに走りだした。

ホームを伴走していた亜希の母を振り切り、ディーゼル車は、徐々に速度を上げて、やがて単線となった線路をごとごとと進んでいく。

網走方面への通勤通学客、それに観光客でほどよく座席は埋まっていた。

少し離れた席に、セーラー服姿の女子高生がひとりで座っている。黄色い蛍光ペンで線を引きながら、参考書を読んでいるようだ。知らず知らず、亜希は膝に載せていた鞄を、胸にぎゅっと抱え込んでいた。

この数年の記憶が、わっと押し寄せて、亜希は奥歯を嚙み締めて懸命に耐えた。

どの言葉と、どんな形で出会うか、はっきりと記憶に残るのは稀だと思う。よほど感銘を受けたか、あるいは意外な驚きを覚えたか、いずれかではないか。

亜希の場合、「シカト」という言葉と出くわしたのは、中学二年生の時だ。亜希と母親、それに担任との三者面談の最中、母が切りだしたことが発端だった。

「学校行事の集合時間や持っていくものなどの変更については、連絡網で知らされるはずなのに、うちには電話がかかってきていません。最初は偶然かと思っていましたが、毎回なんですよ。どうも、うちの子だけ、連絡網から外されているようなんです」

女手ひとつで家計を支えねばならない身、どうしても娘と過ごす時間は少なくなる。

体育祭の中止や、学級閉鎖の連絡など、本来、知らされるべき通知がない等々、このところ、気になることが重なった。色々と本人に尋ねてみたところ、クラスメートと全く話していない、という。もともと引っ込み思案であるけれど、流石《さすが》に心配で仕方がない。

「おとなしい子なのは確かです。冗談も軽口も苦手です。だからといって連絡網から外されるだの、終日、誰にも口をきいてもらえないだの、そんなことをされるなんて」

母親の訴えに、三十代前半の女性担任は、ああ、シカトですね、と尤《もっと》もらしく頷いて、初めて薄く笑みを浮かべた。

「思春期の子どもには、よくあることです。相手が傷つくとは思いもしないし、悪気もないんですよ。騒ぎ立てると逆効果になりますし、あまり刺激しない方がいいでしょう。少し様子を見て、度が過ぎるようなら対応します」

亜希が覚えている限り、それが「シカト」という言葉との最初の出会いだった。時代劇などで用いられる「確《しか》と承りました」の「しかと」とは抑揚が違う。明らかに別の言葉だ。

自分が置かれている現状に、そうした呼び名が与えられていることを知ったのは、収穫と言えないこともなかった。

担任の返事に、そんな、と母親は眉根を寄せる。

「昔の小学生ならいざしらず、あと数年で二十一世紀になろうって時代に、中学生にもなってシカトだなんて」

「北尾《きたお》さんは目立たないけれど、真面目で成績も良い。優等生というのは、得てして、そういう目に遭いがちですから」

そんな台詞が慰めになる、とでも思っているのだろうか、担任は机の上に置いた自分の指に目を落とし、淡々とした口調で付け加える。両の爪の不自然な艶は、透明のマニキュアが施されているからに違いなかった。

担任も、それに母も知る「シカト」とは、一体、どんな字を当てるのか、どこから来た言葉なのか。

より突っ込んだ打開策を求める母親と、穏便に済ませたい担任との遣り取りを聞きながら、亜希はぼんやりと考え続けていた。

「一体、何なのよ。様子見、様子見、って医者じゃあるまいし」

面談を終えて教室を出るなり、母は小さく毒づいた。

不意に、病室のベッドに横たわる父が、面布をかけられたその姿が、思い浮かぶ。鋭い悲しみが胸を抉《えぐ》り、亜希は俯いてその痛みに耐えた。

亜希の父は前年の春、急逝している。

体調管理に気を配り、健康だったはずの父が、珍しく不調を訴えて救急外来を受診した。だが、医師が「様子見」をしている間に、容体が急変してしまった。

母にしてみれば、病院を替えるなど何か打つ手があったのでは、との悔いが未だ胸を去らないのだろう。

「大丈夫だからね、亜希」

傍らの娘の顔を覗き込み、母は怒りを封じた口調で続ける。

「教育委員会にも言って、ちゃんと学校に対応してもらうから」

大丈夫よ、と母は繰り返した。

これ以上、娘を傷つけまい、という強い意志が伝わってくる。

ひとの死を経験したことのない亜希にとって、初めて知る「死」が父親だった。亜希の読む本を傍らから「どれどれ」と覗き込んだり、日曜日に「パパと本屋デートしようか」と言ったり、そんな父との暮らしが何の前触れもなく、唐突に断ち切られてしまった。混乱する亜希に、母が寄り添い続けてくれたからこそ、辛うじて耐えられた。

けれど、母はどうだったか。

父の死後、母は時折り、寝酒を口にするようになった。深夜のダイニング、テーブルに突っ伏し、声を殺して泣いているのを、亜希は知っていた。

夫婦で都心に税理士事務所を開いていた。夫の仕事を全て引継ぎ、暮らしを支え、娘を育て上げねばならない。母の胸中を思うと、庇護される立場でありながら、何とも居たたまれない。

これ以上、母を悲しませたくなかった。

暴力を振るわれるとか、物を隠されるとか、はっきりと形のある苛めではない。

取り締まることが容易でないことは明らかだ。様子を見ることしかしない相手に、一体何を期待できるのだろう。おそらく、無策のまま時が過ぎるだけだ、と思う。

それでも亜希はただ、こくんと母に頷いてみせた。

都内ではあるけれど、二十三区から外れる緑豊かな住宅街に、亜希は生まれ育った。

人見知りが激しくて、引っ込み思案、おまけに口が重い。小学校の六年間は、極めて存在感の薄い生徒だったと思う。目立つことが好きではなかったので、むしろ、「居るのか居ないのかわからない」という周囲からの評価にほっとした。

小学校五年生の頃だったか、当時の担任や両親は、内向的な亜希を随分と気にかけていた。特に母は、一人っ子の娘に友達がいないのを苦にして、習い事や塾へ通わせようと躍起になった。共稼ぎの両親が帰宅するまでの間、家にひとりきりになる娘を案じたのもあるだろう。

ピアノもスイミングも好きではない、塾にも行きたくない。その気持ちを上手く親に伝えられない亜希だった。

夢中で本を読む娘の姿を目にして、父が翻意をし、こう言って母を説得してくれたのだ。

「大人になれば、いやでも誰かに合わせて笑ったり、話したりしないといけなくなる。せめて、子どもの間は、そういうのは抜きにして、心を育ててやろうよ」

亜希には、ともに時を過ごす大切な友人が沢山いた。児童向けの世界の名作文学全集、五十巻の中に皆、住んでいた。ハードカバーの重量感のある全集は、北海道に住む母方の祖父母からのプレゼントだった。

学校から帰り、鍵を開けて家に入っても、家族からの「お帰りなさい」の声はない。でも、子ども部屋の戸を開けると、壁一面の全集が亜希を迎えてくれる。世界中の好ましい物語が、亜希を待っていた。

ガリバーもシャーロック・ホームズも、アンクル・トムも、ハイジもセーラも、皆、大事な友達だった。難しい漢字や言葉、言い回しなども全て、彼ら彼女らが教えてくれた。現実の世界で、周囲が亜希のことをどう捉えようと、悩む必要など少しもなかった。

状況が変わったのは、地元の中学校に進学してからだった。

子どもから大人へ、身体も心も変化し始めると、誰しも不安で仕方なくなる。

不安を解消する一番の方法は、仲間を作ることだ。

クラスに幾つもの群れが生まれたが、亜希はそのどれにも加わることが出来なかった。父が急逝し、忌引《きび》きで一週間、学校を休む間に、同級生たちは既に所属する群れを見つけていたのだ。

親を喪う、という体験をした生徒は周囲にはおらず、父を亡くしたばかりの亜希は何となく遠ざけられた。そうやって距離を置かれるうち、気づくと全ての群れから弾き飛ばされていた。

理科の実験や調理実習などで、教師が、

「はい、じゃあ五人ずつ組になって」

と、命じると、いつも亜希だけぽつんと残される。

「北尾、このグループに入りなさい」

教師がそう指示すれば、聞こえよがしに舌打ちをする者が現れた。同調したり笑ったりする者も相次いだ。二年生になった時には、集団で無視されるようになっていた。そうした扱いに「シカト」という言葉が当てられていた、という事実は、亜希には意外な驚きであった。

知らん顔で徒党を組む——それを略して「シカト」ではないのか、という推論に至ったけれど、本当のところはわからない。

爪を無色のマニキュアで染めた担任は、案の定、何もしなかった。それでも、卒業まで我慢すれば、高校でリセットできるだろう、と亜希は信じた。

たとえば『赤毛のアン』のアンにはダイアナ、『トム・ソーヤの冒険』のトムにはハックルベリーという親友がいた。小中学生の頃に親友がいるのは、さぞかし幸せなことだろう。けれど、『あしながおじさん』の主人公のジュディが生涯の親友サリーと出会ったのは、大学に入ってからだ。

大丈夫、まだ充分に間に合う。

ただ無視されるだけ。大したことではない、と自身に繰り返し言い聞かせ、卒業まで息を殺すように過ごしたのだった。

雲の垂れ込める鉛色の天と、まばらな人家を映していた車窓に、今は低い森が広がる。

濃い緑を留めた樹々、茶色の紗を掛けた草むらの奥に、ちらりと海が覗いた。

亜希は、鞄を胸に抱きしめたまま立ち上がり、通路を挟んだ海側の座席へと移る。

先の女子高生は、まだ熱心に勉強を続けていた。都内ではあまり見ないセーラーの制服は、亜希の転校先の海花女学園のものだろうか。もしかすると、同級生になるひとだろうか。

どくん、と大きくひとつ、心臓が跳ねた。亜希は息を詰めて、ぎゅっと目を閉じる。脳裡に、三月ほど前の、梅雨の夜の出来事が蘇った。


一週間ほどあとに控えた、十六歳の誕生日のプレゼントに、何がほしいか、尋ねられたのがきっかけだった。

この家を出て、北海道の祖父母のもとで暮らしたい。

誰も、亜希がシカトに遭っていたことを知らない学校に移りたい。

そう伝えた時の母の様子を、亜希は一生忘れないと思う。母は絶句したきり、メデューサの呪いで石になったかと思うほど、暫く身動《みじろ》ぎひとつしなかった。

今春合格した都立高校に元気に通っている、と信じている母に、本当のことを打ち明けるのには勇気が要った。けれども、今、話しておかねば先はないだろうと思った。

同じ中学校から進学した生徒たちによって、シカトは引き継がれ、「高校に入ればリセット出来る」という亜希の願いは、空しく打ち砕かれてしまった。

長いトンネルを抜けた、と思っていたのに、さらに長いトンネルが待っていた。高校生になって受けた「シカト」の洗礼は、亜希を絶望させるのに充分だった。集団で無視され続けるうち、自分の身体が透き通っていくような気がした。朝、ベッドで目覚めると、真っ先に両の腕を伸ばして、透けていないか確認する。そんなバカな、と思いつつ、いずれ透明人間になってしまう、という恐怖から逃れられなくなっていた。

かつて、亜希を救ってくれたはずの、小説の中の登場人物たちは、頁《ページ》を飛び出して現れたりしない。ずっと物語の中だけで生きている。自分で何とかする以外、今を生きる術《すべ》はない。そんな思いも、日に日に強くなった。

――ママ、私、まだ、諦めたくない。同級生とおしゃべりして、笑い合ってみたい。透明人間なんかじゃなく、ちゃんと、誰かの「大事な友だち」になってみたい

メデューサの呪いを解いたのは、おそらく、亜希のその台詞だった。

母は椅子から立ち上がり、娘の側へ歩み寄ると、愛し子の身体に腕を回して、無言のまま強く抱き締めた。

税理士事務所の所長でもある母は、東京を離れることが出来ず、ひとり娘を手

放さねばならない。母の葛藤はまさにそこだったと思う。しかし、亜希の願いを呑んだ母の行動は素早かった。

母から連絡を受けた北海道の祖父母は、亜希を引き受けることを快諾、母と祖父母とであらゆる手を尽くして、受け容れ先の学校を探してくれた。

ひと月半ほど前、海花女学園で編入のための筆記試験と面接試験を受けた時、最後に面接官のひとりが、亜希の眼を見据えた。

「安心して転校していらっしゃい。ここでは誰もあなたを『透明人間』になどしないよ」

血の通った、温かなひと言だった。

水泳の飛び込み台の途中で、足を竦ませているような心持ちだった。けれど、そのひと言で、亜希は板を蹴って身を躍らせる勇気を得たのだ。

それからは引っ越し準備に転校手続きなど、目の回りそうな毎日だったが、何もかもを母と祖父母任せにしていることが、次第に負い目になった。

バスと列車を乗り継いで片道二時間弱、転校初日までにひとりで通学路を確かめておきたかった。しかし、祖父母宅へ落ち着いたのが一昨日だったため、叶わなかった。

――ママ、ここからは私ひとりで行きたい

知床斜里《しれとこしゃり》駅のホームで母に宣言して、網走行きの車両に単身乗り込んだものの、徐々に心細くなってきた。

単線は何時の間にか複線となり、二両編成のディーゼル車は、がたがたと停車した。駅名標には「浜小清水《はまこしみず》」とある。

乗客のうち何人かが降り、新たに学生が二人、乗り込んできた。どちらもセーラー服を着ている。ショートカットの女生徒の胸の校章がはっきりと見えた。紛れもなく、亜希の転校先の高校のものだった。

ボックスシートで勉強していた女子高生が参考書を閉じて、小さく手を振る。

「おっはよ」

「おはよーっ」

二人はわき目もふらず、彼女のもとへと急ぐ。ボックスシートは忽ちお喋りの場になった。曇天を受けて薄暗い車内、そこだけが明るい光を孕んでいた。

窓ガラスに顔を付けるように座っていた亜希は、通路の方へと身体をずらした。

「宇多田ヒカル、いいよねぇ。早くセカンドアルバム出ないかな」

「何とかっていう有名な歌手の子どもなんだっけ？　最近やっと、テレビとかに出てくれるようになったよね」

授業や模試のことから始まって、好きな歌手の話題になり、ボックスシートは一段と華やぐ。

あの中に、私は入れるのかな。

亜希は自問しながら、女子高生たちの方を見つめた。対面式の座席に座るのは三人。いつか、あの空いている席に座らせてもらえるのだろうか。

ふと、高校の教室の朝の光景がフラッシュバックする。

お早う、と声をかけても、聞こえない振りをされ、視線も合わせてもらえない。またあの日々が繰り返されるとしたら……。

通路側に座っていたショートカットの女子高生が、ふと、亜希に目を向けた。大きな衿の白いブラウスに、紺色のカーディガン、紺のプリーツスカート。制服に見覚えがなかったのだろう。女子高生は残る二人に耳打ちをする。

亜希はすっと視線を逸らしたが、「え？　転校生？」「どっから？」との遣り取りが耳に届いた。

どうしよう、もしまたシカトされたら……。

冷や汗がどっと噴き出して、亜希は抱え込んだ鞄に顔を埋める。胃の中のものが込み上げてくるようで、気持ちが悪い。

気づくと、ディーゼル車は止まり、右手にオホーツクの海が迫っていた。ピィーッと警笛を鳴らして、扉が閉じられようとしている。亜希は立ち上がり、ワンマンカーの運転手に「すみません」と懸命に声をかけた。

「すみません、降ります」

それ以上、口を開いていたら、そのまま吐しゃしてしまいそうだった。

誰も下車すると思っていなかった運転士は、驚いたようだが、発車を少し待ってくれた。

運賃入れにお金を入れると、亜希は唇をぎゅっと窄《すぼ》めてホームへと飛び出した。

窓ガラス越しに、女学生たちが腰を浮かせてこちらを覗いている。

ガタゴトと車体を揺らして走りだした列車とは逆方向に、亜希はホームを駆けた。鞄を放して両の膝を地面につくと、線路に身を乗りだすようにして、げぇげぇ、と吐いた。

やっぱりだめだ、ガッコ行けないよぉ。

辛うじて堪えていたのに、張り詰めていた心の糸はぷっつりと切れてしまった。

苦しくて、悲しくて、辛くて、亜希は吐きながら泣いていた。

「君、大丈夫か？」

ふいに、背後から声をかけられた。

エプロンをした中年の男性が、腰を屈めて亜希の顔を覗き込む。

気分が悪くなったことを察したのだろう、

「駅舎に手洗いがあるよ。立てるかい？」

と、手を貸して立たせてくれた。

木造の駅舎のトイレの手洗い場で口を漱《すす》ぎ、顔を洗うと、少し落ち着いた。小さなハンカチで口の周りを拭って、古びたドアを開ける。

先の男性が、片手にタオル、もう片手に亜希の鞄を持って待っていた。

「はい、このタオルを使って」

「ありがとうございます」

感謝して、亜希は厚めのタオルで残りの水気を拭う。

余裕がなくて気づかなかったが、そこは待合室になっていて、壁にも天井にも名刺やメモが貼ってあった。駅を訪れたひとが記念に貼っていったものらしい。

反対側に、木製の扉と「レストラン駅舎」と書かれた看板、それに「準備中」の札が掛かっているのが見えた。

「吐くだけ吐いて、ひと心地ついたみたいだね」

小太りの男性は、良かった、と顔を綻《ほころ》ばせた。

額の辺りにくせ毛がうねり、太い眉尻が下がっている。眼鏡こそないけれど、フライドチキン店の表に立っている人形に似た風貌だった。

「じゃあ、少しうちの店で休んでいけばいい。まだ準備中だし」

こっちだよ、と相手は言って、「レストラン駅舎」の扉を開け、亜希を手招きする。カウベルだろうか、からん、と優しい音がした。

「うわァ」

一歩、中に足を踏み入れた途端、亜希の口から感嘆の声が洩れる。

テーブルを挟んだベンチシートの座席が、窓際に並ぶ。頭上には網棚、古いトランクやバスケットが置かれている。丁度、昔の列車の中に紛れ込んだようだ。

「こんな風になってるんだよ。外からは想像できないと思うけど」

男性の声が、少し得意そうだ。

カウンターの中では、細身のコックコート姿の男が、料理の仕込みをしていた。ごつごつした厳《いか》つい顔つきだが、亜希と目が合うと、ほんの僅かに目もとを和らげた。ドミグラスソースだろうか、いい匂いが漂っている。

「どこでも好きなところに座っていいよ」

先の男性に促されて、亜希は一番手前のベンチシートに浅く腰をかけた。

ホームに面した格子状のガラス窓一杯に、オホーツクの海が広がっている。

海がこんなに近いなんて、と亜希は改めて窓の外に見入った。

ザザーン、ザザーン、と海鳴りが聞こえる。鉛色の天を映して、物悲しく暗い海。けれど、亜希にはとても好ましかった。

「ジロ、これを」

「はいよ、タロ」

カウンターを挟んでの、二人の遣り取りが耳に届く。ほどなく、湯飲み茶碗を角盆に載せて、エプロン姿の男性が亜希のもとへとやって来た。

ジロと呼ばれていたそのひとは、湯気の立つ湯飲みを亜希の前に置く。いつも飲む玄米茶とは違う、爽やかな香りがしていた。

「はい、薄荷《はっか》茶。口の中がさっぱりするよ」

「すみません」

お礼を言って、湯飲みを両の手で包み込み、ゆっくりとひと口。ミントの香りが口の中に広がり、喉から胃へとゆっくり落ちていく。固く縮んでいた胃袋が解れていくのがわかる。もうひと口、身体が温まる。亜希は分厚いカーディガンを脱いで、傍らに置いた。

「見慣れない制服だね」

隣りの丸テーブルで、スパイス入れの中身を補充しながら、ジロさんは、亜希に話しかける。

「もしかして、修学旅行生？　あ、でも、鞄が……」

先ほど手にした鞄が通学用だったことを思い出したのだろうか、ジロさんは首を捻った。

「海花女学園に、今日、転入するんです。制服、間に合わなくて」

亜希の返答に、タロと呼ばれていた料理人が、玉子を攪拌《かくはん》する泡だて器の手を止める。

「次の上りは九時三分だ」

タロさんはこちらに背を向けたまま、

「ジロ、店はいいから、車で送ってやれよ」

と、続けた。

ああ、と応えてエプロンを外しにかかるジロさんを、亜希は慌てて止める。

「いえ、いいです」

「タロの言う通りさ、遠慮することないよ。転校初日に遅刻したんじゃ、恥ずかしいだろうから」

ジロさんは、にこにこと人懐こい笑みを零して、車を出してくるから、と扉の方へと足を向けた。

「待ってください、待って」

無我夢中で、亜希は相手の腕をぎゅっと掴む。

「私……」

あとの言葉が見つからない。

両眼からぶわっと涙が噴き出すのを、亜希は止められなかった。

ガラス窓の向こうで、ザザーン、ザザーン、と海が優しく歌う。

テーブルに並んだコーヒーは三つ、手つかずのまま既に冷めていた。向かい側のベンチシート、タロさんとジロさんは、先刻からじっと亜希の話に耳を傾けている。

「教室で友だちと何でもない話をして笑ったり、帰りに寄り道したり、そんな当たり前の生活をしてみたかった」

これまでのことを誰も知らない所へ行けば、転校すれば、それが出来ると思っていた。

「でも、いざとなったら悪い方にばかり考えてしまって……」

長い打ち明け話を終えて、亜希は膝に載せたタオルをぎゅっと握り締める。

そうか、とジロさんは太短く息を吐いた。

「それで列車に乗っていられなかったんだね」

タロさんは顎に片手をかけたきり、ひと言も口を利かない。

窓越しに、薄日が差し込む。重く垂れこめていたはずの雲が僅かに切れて、弱々しい陽射しが洩れていた。

るるるる、るるるる、と店内に軽やかな電話の音が響いて、沈黙を破る。

「あ、僕が出る」

ジロさんは席を立ち、カウンターの隅に置かれた電話の受話器を手に取った。

「はい、レストラン『駅舎』です。開店は十一時からなんですが。え？　ああ、今夜、ご予約を頂いているかたですか」

受話器を片手に、ジロさんは予約の確認に応じている。

痩せていて強面のタロさんは料理担当、丸くて愛想の良いジロさんは接客担当なのか、と亜希はぼんやりとジロさんの丸っこい背中を見守った。

「見た目は随分と違うんだが」

マグカップに手を伸ばして、タロさんが口を開く。

「俺たちは似た者同士でね。国鉄入社も結婚も、親になったのも同じ頃だった。あ、国鉄ってわかるかい？」

今のＪＲの前身で、日本国有鉄道のことだ。もう誰もその名を口にしないけれど、確かに聞き覚えがある。

はい、と亜希が頷くと、タロさんは視線を壁の方へと移した。

額に入った写真が、何葉か飾られている。中に、ＪＲのロゴを背景に、緊張した面持ちで並ぶ二人が写るものがあった。

一見すると怖そうなタロさん、話しかけ易そうなジロさん。雰囲気こそ変わっていないが、ともに随分と若々しい。

「一九八七年の分割民営化で、多くの仲間が失職する中、何とか二人そろってＪＲに残ることが出来た。でも、その僅か二年後、勤務していた路線が廃止になってね」

今から丁度十年前、俺たちは三十九歳だった、とタロさんは苦そうにコーヒーを啜った。

三十九歳、と亜希は口の中で小さく繰り返して、壁の写真を順に眺める。この駅舎の全景が写った一葉に、ふと目が止まった。

木造の古びた駅舎、細い木が一本と電柱、あとは背後にオホーツク海が迫るばかり。

「この駅だよ、当時は無人駅だった」

タロさんはマグカップから唇を離して、懐かしそうに写真を愛でた。

「無人化した駅舎を賃貸する、という話を聞いて、ジロと二人でここに見に来た。そして、ひと目で、何というか、魅入られてしまったんだよ」

ひと目惚れってやつさ、とタロさんは照れくさそうに笑う。

写真には写っていないのに、亜希には、駅舎を前に立ち竦んでいる二人の後ろ姿が、目に浮かぶようだった。

「家族を説き伏せて、ここで店を持つって決めたものの、もう挫折の連続でさ」

「挫折なんてもんじゃないよ」

電話を終えたジロさんが、タロさんの横にどっかと座って、会話に乱入する。

「こいつ、最初は玉子ひとつ真面《まとも》に割れなかったんだぜ」

「……信じられない」

かしゃかしゃと泡だて器で玉子を攪拌する、その滑らかな手つきを亜希は思い出していた。

「なぁ、ビックリだろう?」

コックコートの生地を引っ張って揶揄《からか》うジロさんの手を、「てめぇっ!」と夕ロさんは怒りを込めて払い除ける。

「調理師免許を取るのに、四回もダブッたのは、一体誰だよ」

「何だよ、何で今、それバラすんだ」

亜希の目の前で、売り言葉に買い言葉の応酬が繰り広げられる。決して嫌な感じはしない。仲の良い者同士がじゃれ合うような心地良さがあった。

トム・ソーヤとハックルベリーが齢を重ねたら、こんな風なのかも知れない。想像すると、くくっ、と柔らかな笑いが込み上げて、亜希は思わず両の手で口を覆う。強張っていた心がほろほろと解れていく。

何時、誰と出会い、どう友情を育んでいくかはわからない。けれども、何時までも怯えてばかりでは、出会うことさえ叶わない——眼前の二人の姿に、そっと背中を押される。

亜希の変化に気づいて、二人は嬉しそうに笑いだす。三人揃ってひとしきり笑ったあと、タロさんはコーヒーを淹れ直すために立ち上がった。

「学校に電話を一本、入れておこう。君が来ないと、皆、心配するだろうから」

電話番号、わかるかい、と亜希に問いながら、ジロさんは電話の子機に手を伸ばす。

「途中下車した理由を僕から説明して、次の九時三分発のに乗車することを伝えるよ」

亜希は鞄を開けて、学校に提出する書類の入った封筒を取りだした。封筒の表に、電話番号が印刷されている。

しかし、それを相手に示すことはせず、

「ジロさん、電話を貸してください。私、自分でちゃんと話します」

と、亜希は言った。

その駅は、オホーツク海に最も近い。

冬には流氷がホーム間際まで迫るというが、今は海面に白い波が次々に生まれ、優しい海鳴りとともに寄せては返す。彼方、分厚い雲が切れて、鈍色《にびいろ》の海に光の梯子が掛けられていた。

亜希はホームの乗降場所にすっくと立って、列車の到着を待つ。少し後ろに、「レストラン駅舎」の二人が控えていた。

ピィーッと警笛を鳴らして、二両編成のディーゼル車が右手側に姿を現した。白に緑色のラインの入った車体をごとごとと揺らしながら、単線を伝って、迷いなく亜希へと向かってくる。

「行くんだね」

ジロさんに声をかけられて、亜希は身体ごと向き直った。

はい、と深く頷いたあと、

「タロさん、ジロさん、私……」

と、亜希は二人を交互に見つめる。胸に溢れる感謝の気持ちは、しかし、上手く言葉としてまとまらない。

ありがとう、だけでは足りない。もっと今の想いをちゃんと伝えられる言葉はないだろうか。

迷う間に、列車は迫ってくる。

「私……ここで途中下車して、よかった」

思えば、「途中下車」という言葉を、これほどまでに大切に使ったことはなかった。

己の足で歩きだそうとしている少女の想いを、二人はしっかりと受け止めたのだろう。

「目的地に行くために必要な途中下車もあるさ。疲れたら、降りていいんだよ」

ジロさんの言葉を、タロさんが補う。

「次の列車は、必ず来るからね」

諦めない限り、前に進む意思を捨てない限り、必ず次の列車はやってくる。

餞《はなむけ》の台詞《せりふ》を胸に刻んで、亜希はディーゼル車を迎えた。

左側の座席に荷物を置くと、窓を開ける。

木造の古めいた駅舎、コックコート姿のタロさんと、エプロン姿のジロさん。

遠ざかる光景に、亜希は何時までも手を振り続けた。

子どもの世界　大人の事情

♪ダダダー　ダダ　ダン　ダン　ダー
ダダダー　ダダ　ダン　ダンダー♪

川上《かわかみ》家の朝は、ラジオから流れてくるザ・ビートルズの『フロム・ミー・トゥ・ユー』で始まる。MBSラジオの朝の番組のオープニングテーマ曲だった。

午前六時半、圭介《けいすけ》の母はその曲に合わせて、リビングの遮光カーテンを開け、水を張った鍋をガス火にかける。

圭介はまだ布団の中で、外国の四人組の「ラララー、ララ、ランランラー」にしか聞こえない歌声を聞く。それがこの半年ほどの、母子の朝の迎え方だった。

母が「大森真弓《おおもりまゆみ》」で、圭介がまだ「大森圭介」だった頃は、都内の放送局に勤める父のために、ずっとテレビがかかっていた。朝、父はトーストを食べ、コーヒーを啜りながら、常にリモコンのボタンを触って、色々な番組をチェックする。

パッパッパッと始終切り替わる画面を見るのは疲れる、と母も圭介も思っていた。

昨秋、大阪に引っ越して以来、母は朝、テレビではなくラジオを聞く。朝ご飯を食べながら、母と一緒にそのラジオ番組を聞くうちに、圭介も何となく「おもしろいなあ」と思うようになっていた。

転校先で言葉遣いを揶揄《からか》われることが多く、ちょっと「いやになる」と思っていた。朝のラジオのパーソナリティが、東京の言葉と関西弁との入り混じった話し方をするのも、圭介にはとても心地よかった。

それに一週間の天気を当てたり、阪神タイガースが勝ったりしたら、お小遣いがもらえるコーナーが設けられていて、リスナーも番組に参加できる楽しみがあった。

母の真弓は時々、コーナー宛てにファックスを送ったり、ハガキを書いたりして、本当に、ごくたまにだが、番組で取り上げられる。その瞬間、親子は両の手を「ばんっ」と合わせて、喜びを分かち合った。

けたたましい音声で叩き起こしてくれる、ネコ型の目覚まし時計。ラジオと一体になった置時計。番組からのふたつの景品は、勝利の証だ。

圭介のお気に入りのコーナーは、『私の旅』というものだった。リスナーが

「どこに行きたい」「誰とどうやって行きたい」等々、旅のリクエストと、何故、その旅をしたいのか理由を書き綴って送る。予選を通過した者の中から、一組だけ、その夢が全て叶えられる、という企画だった。行き先は、ごく近場の有馬温泉でも、遥か彼方のオーストラリア一周でも、何でもありなのだ。

毎朝、一通、予選通過の旅のリクエストの便りが読み上げられる。友だちと、家族で、あるいはひとりで。目的地も、国内外の様々な地名が挙がる。色々な旅の夢を耳にするうち、圭介にも、どうしても叶えたい「私の旅」が育っていった。

その朝も、圭介は母と一緒に、ラジオを聞きながら朝ご飯を食べていた。コーヒーを注ぎ足したマグカップを手に、母の真弓が圭介に言う。

「圭介、お昼ご飯はカレーをチンして食べてね。冷蔵庫に、サラダも入れてあるから。トマトもちゃんと食べるのよ」

真弓は、大阪市内の総合病院に、医療事務の職を得て働いていた。春休みに入った息子の昼食の心配をする母に、わかってるよ、と圭介が返事をしようとした、まさにその時だ。

「旅の夢を叶える『私の旅』のコーナーに、今朝はこんなお便りを頂きました。

「小学校四年生、かわかみけいすけ君。今は春休みだね、聴いてくれているかな」

パーソナリティの男性の台詞に、圭介の心臓はどくんと跳ねた。

あら、と母が首を捻ってラジオを見る。息子と同い年、そして耳で聞く限り同じ姓名。訝しく思ったに違いなかった。

三学期最後の日、番組宛てに手紙を書いていた。平仮名ばかりの、鉛筆書きの手紙。まさか、読まれるわけがない。同じ名前の別の子に違いない、と圭介は自分に言い聞かせる。

「ぼくは川上圭介、もうすぐ小学四年生になります。ぼくを北海道に行かせてください」

手紙の冒頭がパーソナリティによって読み上げられた時、圭介は誰かにぎゅーっと心臓を摑まれたように思った。

リスナーからの手紙の朗読は続く。

「いつか流ひょうを見につれてってくれるとパパは言ってたけど、きょ年、パパとママがりこんしました。だから、ぼくひとりで行きます」

母の手から、マグカップが落ちた。

がしゃん、と派手な音を立ててカップはパン皿の上に落下し、中身のコーヒーが皿からテーブルクロスへと広がった。撥水加工の施されているクロスに、茶色の液体が大小の珠を結ぶ。

ずっと抱えていた気持ちを手紙に託すことで、圭介は充分だった。読まれるはずがない、だから、素直に書けたことだった。

一番、知られたくないひとに、本心を知られてしまった。圭介はどうしていいかわからない。涙がぼろぼろと零れて、泣きじゃくるばかりだ。

圭介の父は、とにかく多忙だった。

卒園式や小学校の入学式はおろか、運動会にも参観日にも学芸会にも、顔を見せた例《ためし》がない。

それでも、休みが取れた時には「今日は男同士の日だ」と、自動車の助手席に圭介を乗せて遠出したり、キャンプに連れ出したりしてくれた。圭介にとって、それは母や友だちと過ごすのとはまた違う「わくわく」がぎっしり詰まった時間であった。

学生時代から沢山、旅をしてきたという父の話は、とても面白い。何時だったか、「南極と北極」という図鑑を一緒に読んでいた時のことだ。

父は息子の身体を図鑑ごと抱き寄せて、

「地球の果てまで行かなくても、北海道に流氷を間近に見られる場所があるぞ」

と、上機嫌に話し始めた。

そこは北海道のローカル線の小さな駅だという。冬の寒い日にホームに立てば、辺り一面が真っ白だ、と父は興奮した口調で続ける。

「そこはな、圭介、見渡す限り流氷で覆われた海なんだ。線路のすぐ傍まで流氷が迫っていて、すごいんだぞ」

何時か連れてってやるからな、という父の言葉を、圭介は忘れたことがない。どうせなら、寝台特急で北海道に行こう。あの辺りにホテルはないから、民宿に泊まろう、とその時、父は色々な案を口にしていたので、まるで気持ちがないわけではなかっただろう。

しかし、その頃から少しずつ、父と母の様子がおかしくなって、圭介が小学三年の夏休みを終える頃には、もう修復不能だった。

今年の子どもの日は金曜日で、連休が明けるまで今日を入れて三日ある。ＪＲ大阪《おおさか》駅は家族連れでごった返していた。

入線している「トワイライトエクスプレス」という寝台車が大変な人気で、深緑色に金色の筋の入った車両の前で記念撮影をする者が相次いだ。

「いい？　圭介、これが番組のひとが作ってくれた、旅の予定表。お財布とは別に、このお守りの中に万が一の時のお金が入っているから」

ホームに置かれたベンチに並んで腰をかけ、母が圭介のリュックの中身をもう一度、検《あらた》めてみせる。

ラジオ番組から「当選」の連絡があったのは、あの放送の二週間あとだった。母の真弓は随分と悩み、幾度も番組スタッフと話し合った結果、圭介の望みを叶える決心をした。

「このパスケースの中に、切符を全部まとめてあるから。あと、ママが書いた手紙は、誰かに事情を聞かれた時や、助けてほしい時に見せること。いいわね」

そう言って、母は透明の大型パスケースの紐を広げて、我が子の頭を通す。

圭介の首には、すでに携帯電話のネックホルダーが下がっていた。もしもの時のために、短縮ダイヤルの一番には母、二番には父の携帯番号が登録してあった。

「はい、これでよし、と」

仕上げにタイガースの野球帽を被らせる。最近、野球を覚えた息子のために、母がプレゼントしたものだ。少し大きめでぶかぶかするが、圭介のお気に入りだった。

「見てみ、めっちゃカッコええ」

真弓と圭介の傍らを、幼子を肩車した男が通り過ぎていく。

「寝たまま札幌まで行けるんやって。走る豪華ホテルやな。一体、どんなひとが乗るんやろなぁ」

「ほんまやねぇ」

男の妻らしい女が相槌を打った。

それまで不安が増すばかりだった圭介だが、家族連れの遣り取りに、心持ち胸を張った。目の前のぴかぴかの寝台車に乗れることが、とても誇らしい。

ホームの大きな時計は、正午十分前を指している。

「あと十分ね」

そろそろ行きましょう、と母は椅子から腰を上げた。

B寝台車の入口で、

「本当に中まで送らないで大丈夫？」

と、母に確認されて、圭介はこっくりと頷いてみせる。行く時から帰る時まで、何もかもひとりでチャレンジすることが、圭介の「私の旅」の要望だった。
心配そうに見送る母に、バイバイ、と手を振って、圭介はくるりと背を向ける。
ふいに不安と心細さに襲われそうになった。母のもとに駆け戻りたい気持ちを、
野球帽のつばをぐっと下げることで辛うじて堪えた。

先刻から、車掌が熱心に手紙を読んでいる。母の真弓が認《したた》めた、例の手紙だった。

圭介は唇を噛んで、車掌が何か言うのを待つ。

B寝台車のコンパートメントの定員は四人。圭介の他は、熟年夫婦とその母親らしき老女の三人連れだ。車掌と圭介とを眺めつつ、三人は成り行きを見守っていた。

「なるほど、よくわかったよ」

長い手紙を読み終えて、車掌は丁寧に便箋を畳んだ。

「北海道へのひとり旅が当たったんだね」

手紙に切符を添えて、車掌は圭介に返す。

「大切なものだから、落とさないように。このお母さんの手紙は、何か困った時

に駅員に見せるといい」

はい、と頷いて、圭介は受け取ったものをパスケースに戻した。

大まかな事情がわかって、コンパートメント内の三人は、ほーっと一斉に安堵の息を吐いた。

「てっきり親とハグレたんかと思うたが、チビちゃんの一人旅やったんかいな」

白髪交じりの頭に手をやって、安心したで、と男性は大らかに笑う。

女性二人はバッグをごそごそと探り、キャンディやらチョコレートやらを取りだして、

「坊や、お腹空いてへん？　お菓子どう？」

「偉いねぇ、そない小さいのに。飴ちゃん、食べへん？」

と、口々に勧めた。

夫の定年記念に寝台特急での旅を奮発した、という一家は、食堂車でも同席するなど、何くれとなく一人旅の圭介を気遣ってくれた。お陰で心細さは随分と和らいだ。

けれども、夜になって寝台に横になると、轟音は続くし、振動も止まらず、恐くて仕方ない。毛布を頭から被って、ママ、ママ、と圭介は心の中で母を呼んだ。

――圭介、パパとママ、もうダメなの

母の声が、耳の奥に蘇る。

あれは、両親の離婚が決定的になった夜のことだ。父は項垂《うなだ》れて、背中を向けたまま、圭介の方を見ようともしない。

「ふたりの心の中に氷が張ってしまって、もう前みたいには暮らせないの」

とても静かな、しかし、きっぱりとした口調だった。

イヤだ、と声を上げることも、泣きじゃくることも、圭介には出来なかった。

パパとママと自分と、ずっと一緒がいい。

ずっとずっと三人一緒がいい。

そう訴えたかったけれど、心の中に氷が張った、という母の台詞に、何も言えなくなってしまったのだった。

子どもの日の正午に大阪駅を出発した「トワイライトエクスプレス」は、翌朝、九時八分の定刻に札幌《さっぽろ》駅に到着した。

二十一時間、電車に揺られ続けた乗客たちは、乗降口からホームに出ると、やれやれ、と伸びをした。同じコンパートメントで一昼夜をともに過ごした一家は、網走行きの特急乗り場まで、圭介に同行してくれた。

「網走に着いたら、駅員さんに乗り換えを聞くんやで」

「気ぃつけてね、圭介君」

一家に見送られて、圭介は特急列車に乗り込む。連休最後の土曜日のせいか、車内は家族連れで一杯だ。小学生と両親、という組み合わせが殆どだった。トワイライトエクスプレスの時とは違って、ここでは圭介に声をかける者も、気にする者も現れない。圭介は野球帽を目深に被って、心細さに耐えた。

札幌から、旭川《あさひかわ》、北見《きたみ》と特急はひた走る。予定表通りに駅弁を買って車内で食べたが、食事を味わうとか、車窓の風景を楽しむとか、そんな余裕は圭介にはない。

網走に着いて、電車を降りはしたが、お腹がしくしくと痛みだした。トイレを探して、随分と長く個室にこもる。トイレを出たら出たで、今度は乗り換えホームがわからない。駅員に尋ねたくても、なかなか見つけることが出来なかった。やっと教えてもらって、ホームを懸命に駆けたが、目指す列車はドアを閉ざしたところだった。

「待って、待って！　あっ」

焦るあまり、足もとの小さな段差に気づかずに、圭介は派手に転倒した。帽子は空を飛び、首にかけていたパスケースは外れ、携帯電話も床を滑って、思いがけず遠く離れる。

「ああ」

転んだままの圭介の眼の前を、列車は無情にも発進してしまった。

乗るはずの列車に乗れなかった。この先の旅はどうなってしまうのだろう。圭介はわっと声を上げて泣き出しそうになる。

♪ダダダー　ダダ　ダン　ダン　ダー

ダダダー　ダダ　ダン　ダンダー♪

頭の中で、ラジオ番組のオープニングテーマ曲が鳴り響く。

がんばれ、がんばれ。

圭介は自分に言い聞かせて、手の甲で涙を拭った。のろのろと立ち上がり、野球帽とパスケース、それに携帯電話を回収する。

「おーい、大丈夫かー」

大きな声に顔を上げると、向かい側のホームから、重そうなリュックを背負った青年がこちらを窺っている。どうやら一部始終を見ていたらしい。

べそをかきつつも、辛うじて頷いて見せた圭介に、偉いぞ、と青年は笑う。

「知床《しれとこ》の方だろ？　そこで一時間ほど待てば、次の列車が来るからな」

一番知りたかったことを教えてくれた相手に、圭介はぴょこんと頭を下げた。

ホームのベンチまで戻って、携帯電話を手に取る。何かあれば電話を、と母親に言われていた。携帯電話は命綱だ。受話器マークを押さえて、壊れていないことを確かめた。そのまま短縮番号の「1」を押さえれば、母親に繋がる。でも、まだ、自分で何とか出来るから、と圭介は「1」から指を外した。その隣りの「2」という数字に、そっと触れる。

――そこはな、圭介、見渡す限り流氷で覆われた海なんだ。線路のすぐ傍まで流氷が迫っていて、すごいんだぞ
――何時か連れてってやるからな
父の声が聞こえてきそうだった。

陽射しはあるのに、風がひどく冷たい。圭介はぶるっと身を震わせた。

さむい、ここはさむいや。

こんなにさむいんじゃ、こおりはとけないのかな。

――心の中に氷が張ってしまって、もう前みたいには暮らせないの

胸に棲みついた母の声に、圭介は野球帽のつばをぐっと下げて耐えた。

その小さな駅は、オホーツク海に一番近いことで、全国の鉄道ファンに知られている。

木造の駅舎の一角に、「レストラン駅舎」はある。もと国鉄、のちJRの職員だった多田太朗《ただたろう》と浜田治郎《はまだじろう》が営む店だ。

コックの太朗が作る料理もさることながら、古い客車を模した店内や、眼前に臨むオホーツク海が評判を呼び、流氷の季節には、観光バスが横付けするほどの盛況ぶりだった。

「ふぁ～～、暇だなぁ」

客の姿のない店内で、治郎が大きく伸びをする。ゴールデン・ウィーク最後の土曜日のはずが、昼時を過ぎれば、扉に取り付けたカウベルが鳴ることもない。

こんな時、とばかりに太朗はガスコンロの汚れをガシガシと落としていた。

「流氷が去ると、客足も遠のくもんだな。な、タロ」

「さぼってる暇があったら、待合室の掃除でもしたらどうだ、ジロ」

たわしを動かす手を止めず、太朗は素っ気なく応える。

南極犬よろしく互いを「タロ」「ジロ」と呼び合う二人は、見た目も性格もかなり違っていた。背が高く痩身で強面、生真面目の太朗に対して、太短い身体に抜群の愛嬌、大らかな治郎。ちぐはぐではあるが、国鉄時代から同期で、結婚したのも親になったのも同じ頃。今年、そろって五十歳を迎える。

玉子ひとつまともに割れない、調理師免許を取るのに何度も試験に失敗する、そんなところから始めて無事に開業、今日まで店を保ち続けていた。

ピィーッという警笛に気づいて、太朗は手を止め、壁の掛け時計へ目を向ける。

「三十六分の下り、定刻の到着だな」

ガタンゴトン、という音が徐々に近づき、ほどなく白いディーゼル車両が、目の前のホームに停車した。

「おやぁ？」

見るともなしに表を眺めていた治郎は、窓ガラスに顔を寄せる。

下車したのはただ一人、大きめの野球帽を被り、背中にリュックサックを背負った小学生だった。

「また随分と小さなお客だなぁ」

誰かとこの駅で待ち合わせでもしているのか、と治郎は額をガラスにくっつけて周囲を窺ったが、ほかに人の気配はない。

十歳くらいか、小さな男の子は、列車を見送ったあとのホームでオホーツクの海を前に、立ち尽くしている。

気になる、と治郎は思い、急いで店を出てホームに向かった。

日没まであと二時間ほど、陽射しが僅かに朱色を帯びている。斜めからの陽光を受けて、海はきらきらと輝いていた。長閑《のど》やかで優しい、五月の海だ。

「うわぁ」

男の子は両の手を一杯に広げて、大声でもう一度、うわぁ、と叫んだ。

少し離れたところで、治郎はその様子をじっと眺めていた。

ここでレストランを開いて、これまで色々なお客を迎えてきたが、あんな小さな一人客は初めてだ。迷子か、あるいは間違って下車したのか。それとも自らの意思でこの情景を得るためにやってきたのか。いずれかを見極めるべく、治郎は黙って少年を見守った。

男の子は首から下げた携帯電話を手に取った。短縮ダイヤルなのだろう、一度だけ、ぽんとボタンを押す仕草をした。

「パパ！」

無事に繋がったらしく、大きな声で呼びかける。

「パパ、ぼく今、どこにいると思う？　パパが前に話してくれた駅に来てるんだ。ひとりで来たんだよ」

電話の相手は、どうやら少年の父親のようだ。声が弾んでいる。

「氷は全部、解けちゃってる。春になれば、氷はやっぱり解けるんだね。ほら、聞こえる？　波の音だよ」

少年は携帯を耳から外して、海の方へと差し出した。

そうか、一人旅の報告を父親にしているのか、と治郎は温かな気持ちになる。

立ち聞きを中断して、店に戻ろうとした時だ。

それまでと一転、パパ、と呼ぶ子どもの涙声が、治郎の足を止めさせた。

振り向けば、男の子は身を震わせながら、電話の相手に訴えている。

「パパ、ぼく前みたく、パパとママと三人で暮らしたい。暮らせるよね？　心の氷も解けるよね、ね？」

長い沈黙があった。長い長い沈黙だった。

強い風がどっと吹いて、少年の野球帽を奪った。治郎の方へ飛んできたので、重い身体を弾ませて、ぱっと摑み取る。

やれやれ、セーフ、と帽子を手に男の子の方を見れば、携帯を握り締めたまま、身を震わせて泣きじゃくっていた。

「坊や」

驚かさないように、治郎は男の子の背後から静かに声をかけた。


窓の外、西の空が赤く焼け、店内は徐々に暗さを増していく。

テーブルの上には、携帯電話とパスケース、それに、圭介の母の書いた手紙が置かれているのだが、薄闇に紛れつつあった。

カウンターのランタンの橙色の明かりが、電話で話し込む治郎の横顔を照らしている。

「泣き疲れて眠ってしまいましたし、今夜はうちで。ええ、はい……」

太朗はひざ掛け毛布を広げて、ベンチシートの圭介にそっと掛ける。初めての寝台車、それに不安も大きく、昨夜はあまり眠れなかったのだろう。今はすやすやと寝息を立てていた。

重苦しい通話を終えて、受話器を置くと、治郎は太短い溜息をついた。そして、足音を忍ばせて太朗のもとへと歩み寄る。

「母親は何て？　ジロ」

　声を低めて問う太朗に、治郎もまた、

「随分泣いてたよ。こっちまで切なくなる」

と、小さく答えた。

　何も知らず、丸めたエプロンを枕代わりにして、圭介は無心に眠り続けている。

　太朗も治郎も、ともに子どもをもつ父親だった。我が子が幼かった頃のことを、圭介に重ね合わせれば、何とも胸が痛む。

「今夜はこっちに泊まるよ、タロ」

「俺も付き合う」

　圭介の寝顔を覗き込んで、ふたりは囁き合った。

　上りは午後九時前、下りはその約一時間後、最終列車の去ったあと、駅は深い眠りにつく。子どもの夢路を妨げぬよう、明かりはランタンだけ。それでも、窓の外は星影で仄明るい。ざざー、ざざー、と海の歌う声がＢＧＭになっていた。

　グラスに氷、それにウイスキーと水を注いで、人差し指で混ぜる。はいよ、と治郎は太朗の前にグラスを置いた。

「もとダンナと恋人との間には、じきに子どもが生まれるらしい。もうすでに入籍も済ませたそうだ」

「復縁は有り得ない、か」

可哀そうに、と太朗はぼそりと言って、苦そうに水割りを口にした。

治郎はロックアイスをひとつ、掌に乗せる。

「ふたりの心の中に氷が張ってしまった——親としては、そう言うよりほかにないだろう。けど、子どもにしてみれば……」

ゆっくりと解けた氷が治郎の掌から溢れて、テーブルを濡らした。

「子どもの心の眼には虫メガネが入っていて、良いことも悪いことも何でも拡大されて映るからなぁ」

手酷い傷跡を残さなきゃいいんだが、と言って、治郎は台拭きでテーブルの水気を拭った。

小さな息子からの懇願の電話に、「ごめん」としか言えなかった若い父親は、今、どんな思いでいるだろうか。

「父親は東京だったな」

太朗は腕を伸ばして、窓際に並べた時刻表を取った。

「今日中は無理だとしても、明日の朝イチで羽田を発ったら、ここに着くのは、と……」

ランタンを引き寄せ、ぱらぱらと時刻表をめくる太朗に、治郎はぼそりと呟く。

「来るかなぁ」

「来るさ」

つい、声が大きくなり、太朗は圭介の方を見た。安らかな寝息は乱れていない。

グラスにウィスキーを注ぎ足すと、太朗は憮然と言った。

「子どもは大人の事情を受け容れて生きていくしかない。大人がそれを償う方法なんてないんだ。ありったけの愛情を示す以外には」

「けど、親が皆、そう出来るとは……」

あとは言わずに、治郎もまた、とくとくとく、とウィスキーをグラスに注ぐ。

「一緒に暮らせないのは仕方がない。でも、会いたいだろうな、この子は今、この場所で父親に」

会わせてやりたいよ、と治郎はしんみりと言い添えた。

翌朝は、青色の絵の具を丁寧に塗り込んだかと思うほどの、上天気になった。

母親の真弓と連絡を取り合って、圭介が乗る列車を決め、送りだす用意も整えた。網走行きの上りの到着まで、まだ大分ある。ホーム端のミラー支柱にもたれて、圭介はオホーツクの海を眺めていた。太朗と治郎は、内心、やきもきしつつ、時の来るのを待った。

やがて、ピィーッと警笛を鳴らして、網走方面からの下りが姿を現した。

「あの下りに乗ってなきゃ、どうするよ、タロ」

治郎が傍らの太朗を見上げて言った。

昨夜、「来る」と断言したものの、徐々に自信を失い、太朗は「ううーん」と呻き声を洩らす。

列車は速度を落として、ホームに差し掛かった。ぼんやりと車両を見ていた圭介が、はっと身を乗りだす。

列車の窓を、乗客がドンドンと叩いている。

「パパッ」

圭介が鋭く叫び、列車を追いかける。

太朗と治郎の前を過ぎて、ゆっくりとディーゼル車は止まった。

中から三十代と思しき男が飛び出してきた。ぼさぼさの髪、ハーフコートのボタンはひとつずつずれて嵌められている。

父親に駆け寄った圭介は、しかし、その手前で立ち止まった。親子はじっと見つめ合ったまま、暫く、口を利かない。

圭介、と父は掠れた声で息子の名前を呼ぶ。その目が赤く染まっていた。

「圭介、ごめん……」

今に至っても、それ以外に言葉が見つからないのだろう。父は苦しげに声を絞りだした。

見開いたままの圭介の両の瞳に涙が溜まり、ぎりぎり下瞼で留まっている。

父親は崩れるように両の膝を地面についた。そして、小さな息子の身体をそっと抱き寄せる。

「ごめんよ……」

父に抱かれたまま、圭介は声もなく涙を零した。

蒼天のもと、オホーツクの海はこの上なく優しく歌いながら、親子へと白い波を寄せていた。

駅の名は夜明

静かに　静かに
手をとり　手をとり
あなたの囁やきは　アカシヤの香りよ

枕もとに置いた電池式のラジオから、懐かしい歌声が流れてきた。

ああ、と俊三《しゅんぞう》は両の目を開いて、徐《おもむろ》に半身を起こす。天井の橙色の豆電球が六畳間を仄かに照らしていた。

傍らの布団では、妻の富有子《ふゆこ》が小さく鼾《いびき》をかいている。

床ずれ防止の体位変換まで、まだ少し時間があった。俊三は古い小型ラジオを手に取り、畳を這って隣室の四畳半へと移る。台所との境の硝子障子にもたれると、僅かにラジオの音量を上げた。

ＮＨＫの深夜放送は、この時間帯に古い流行歌を聞かせてくれることが多い。

歌手の名前を声に出してみて、俊三は自身の記憶が衰えていないことに安堵する。

「小畑実《おばたみのる》だったな」

この歌が流行《はや》っていた頃に、富有子と出会ったのだ。敗戦から五年、まだこの国は豊かさからは遠く、巷《ちまた》には、物乞いする傷痍《しょうい》軍人や掘立小屋で暮らす人々の姿が見受けられた。

当時、俊三が工員として勤める鉄工所の傍に、木賃宿があり、そこで下働きをしていたのが富有子だった。朝、工場へ向かう時も、夕暮れ、工場から帰る時も、くるくると独楽《こま》のように働く富有子の姿を見かけた。

ごく凡庸な顔立ちで、そばかすが目立つ。痩せていて、背も低い。おまけに髪を二つに分けて両耳の後ろで縛っているせいか、幼く見えた。他の工員の誰も、富有子に興味を示さない。だが、骨惜しみせず働く富有子のことを、俊三はとても好ましく思った。

軽く会釈を交わす間柄になり、初めて給料が上がった日に、思いきって話しかけた。富有子は鳩が豆鉄砲を食らったような顔になった。

最初のデートは、新宿の映画館。解体が進む闇市跡を歩いていた時、やはりこの歌が流れていた。

アイ　ラブ　ユー
アイ　ラブ　ユー
いつまでも　いつまでも
夢うつつ　さまよいましょう
星影の小径よ

リフレインされる歌詞を、俊三は口ずさむ。

二十二歳と二十歳、互いに若く、健やかだった。

映画館へ向かう途中、信号機が青から黄へと変わるのを気にして、駆けだした富有子。地面を蹴り、靴底を見せて走る姿が眩くて、立ち止まって見入ってしまった。

——崎山《さきやま》さん、急いで。信号が変わってしまうわよ
横断歩道を渡り終えた富有子が、向こう側から手を振っている。その時、俊三

は「このひとと所帯を持ちたい」と思ったのだ。

　年が明ければ、五十年。

　半世紀を迎えることに、俊三は改めて愕然としてしまう。

「うーん、うーん」

　隣室から、低い呻き声が聞こえて、俊三を現実に引き戻した。

「富有子、富有子、どうした」

　妻の傍へと急ぎ、その顔を覗き込む。富有子は皺に埋もれた双眸を見開いた。額から汗が噴き出し、こめかみから耳へと流れ落ちている。

「すごい汗だ。身体を拭いて着替えような」

　俊三は優しく声をかけ、乾いたタオルを手に取った。

　富有子がパーキンソン病と診断されて七年になる。様々な症状が見られる病だが、富有子の場合、上半身に大量に汗をかく。そのため一日に幾度もの着替えは欠かせなかった。朝夕は訪問看護師が丁寧に様子を見てくれる。深夜の心細さも、だからこそ耐えられた。

　タオルで汗を拭い、ガーゼの肌着とパジャマの上を替えて、前ボタンを留める。されるがままだった富有子は、震える手を伸ばして俊三の腕に触れ、

「どなた様？」

と、尋ねた。

「わしか？　わしは俊三、お前の夫だよ」

静かに答えて、幼子にそうするように、夫は妻の背中をぽんぽん、と軽やかに叩いた。

俊三の手を借りて再び横になった富有子は、すっと眠りに落ちる。

両の腿に手を置き、暫く妻の寝顔を見守っていた俊三は、小さくホッと息を吐いた。心臓が先刻から重苦しい。そっと掌を開いて胸に置き、撫で擦る。

薬は飲んだか？　飲んだ、確かに飲んだ。飲み忘れていない。

慢性心不全を患う俊三は、自問自答した。

大丈夫だ、まだ大丈夫だ、と繰り返し自身に言い聞かせる。傍らには丸められた肌着類。部屋の隅の脱衣籠にも汚れものが溜まっていた。

このところ、雨続きだった。今のうちに洗っておかないと、着替えに困るだろう。俊三は膝を庇うように立ち上がった。

俊三と富有子の住まいは築四十年ほどの集合住宅で、俊三たちのほかは水商売の女性たちで占められていた。駅からそう遠くなく、家賃も低く抑えられているが、いかんせん古い。夜中や明け方、ヒールの音をさせて彼女たちが外階段を上がれば、建物中が揺れるほどの安普請だった。室内に洗濯機を置くスペースはなく、どの住人も通路に設置している。

　汚れ物を抱え、ベニヤの扉を開けて外へと出れば、みぞれ交じりの雨が斜めに降り、通路を濡らしていた。外灯の明かりを頼りに、二層式の洗濯機に衣類を投入し、洗剤を振り入れて蛇口をひねる。富有子が元気な頃は、色物と白い物は分けて洗っていたが、そんな手間をかける余裕は俊三にはなかった。

　洗い時間のタイマーを設定すると、グオン、グオン、と大きな音を立てて洗濯機が動き始めた。両手で洗濯機のふちを掴むと、振動や音が軽減される。洗い終えるまでそうするつもりが、また胸痛を覚えて俊三は胸をぐっと押さえた。

　くそ、ポンコツの心臓め。

　言われた通りに薬を飲んでいるんだ。いい加減にしろ。

　俊三が己の心臓に呪いの言葉を吐いた時だ。隣室の扉が内側から、バン、と音を立てて乱暴に開けられて、眉のない女が顔を出した。

「くそジジイ！　こんな時間に洗濯なんかするんじゃないよ！　寝てられないん

だよ！」

「あ、その」

狼狽《うろた》えた俊三は、胸の痛みも忘れて、おろおろと頭を下げた。つい先日も夜通し騒いでいた隣人に、しかし、俊三は詫びる。

「申し訳ない」

相手は、俊三が洗濯機を止めるまで鋭い目で睨み付け、再度、激しい音を立てて扉を閉めた。俊三は大きくひとつ、溜息をついた。

理不尽への怒りも、腹立ちもない。あるのは深々とした諦念だけだった。

疲れ果てて寝床に戻ると、富有子が目を開けて俊三を見た。

「お帰りなさい」

富有子に言われて、俊三は救われた思いで妻の頬を撫でる。

パーキンソン病とは別に、痴呆が確実に進んでいるはずの富有子だが、どういう廻り合わせか、時々、以前に戻ったような物言いをした。

「ただ今、富有子」

俊三は心を込めて妻に告げる。

ただ今。

お帰りなさい。

この世に、これほど呼応し合う美しい言葉があるだろうか。

ともに戦災で家族を喪っていた。だからこそ、所帯を持った当初、誰かの待つ家に帰れることが、帰宅する誰かを迎えることが、互いに嬉しくてならなかった。

時の経過とともに失っていた輝きが、今、手もとに戻る。

妻の頬を撫でながら、俊三はじっと夜明けを待つ。深い闇が去り、白々と夜が明けるのを、ただ待ちわびる。

朝になれば、訪問看護を受けられる。

大丈夫、まだ大丈夫だ、と俊三は胸のうちで繰り返した。

「認定結果通知をお持ちのかたは、お手もとに置いて、順番が来るまでお待ちください」

区役所の職員が、先刻から同じ台詞を繰り返している。

介護保険相談窓口の前に並んだパイプ椅子に腰を掛け、高齢者たちは辛抱強く順番がくるのを待っていた。暖房が効き過ぎている上に、ひとの熱気で息苦しいほどだった。

「介護保険って、どうなんでしょうかねぇ」

「何度聞いても、さっぱりわからんのですよ」

隣り合った年寄同士、小声で話している。

　来年四月からスタートする介護保険制度、それに先立ってサービスを望む者は認定を受け、その結果通知が手もとに届いていた。

　俊三は鞄から書類を引っ張り出して、「要介護2」と記された部分に目を落とす。国のすることに大きな期待を寄せているわけではない。ただ、今現在、受けている介護サービスを受けられるなら、それで充分だと思った。

「落ちていますよ」

　職員が身を屈めて、俊三の足もとに落ちていたものを拾い上げる。

　先ほど、病院で処方してもらった心臓の薬だった。書類を取り出す時に、落としたらしい。

　助かりました、と礼を言って受け取った時に、窓口の男に呼ばれた。

「では、来年四月の介護保険実施後も、今と同じ介護サービスを望まれる、ということで間違いないですね？」

　三十代と思しき担当者は、俊三の意思を確かめると、音を立ててリズミカルに電卓を叩いた。

「家事援助を週二回。身体介護を朝夕、毎日。訪問入浴を週に一回。ということは、家事援助が月八回、訪問入浴が月四回、身体介護が最大で六十二回、全部で三十一万一千四百八十円。公的負担が二十万一千円、残りが十一万四百八十円になりますね」

男の言わんとする意味がわからず、俊三は黙していた。相手は電卓から顔を上げると、

「つまり、十一万四百八十円、自費ということになります」

と、感情を込めずに伝えた。

「ええっ」

悲鳴に近い声が俊三の口から洩れる。あまりの驚愕に息が止まりそうになった。担当者はそうした高齢者を見慣れているのだろう、何でもないように、さらに電卓に数字を打ち込んでいく。

「それとは別に利用料が二万百円、保険料は二千八百円かかります。トータルで月に十三万三千三百八十円の出費になりますね」

電卓をこちらに向けられて、俊三は思わず相手の方へと身を乗りだした。

「バカな……。わしら夫婦は僅かな年金で暮らしているのに」

相談者の激昂にも慣れているのだろう、担当者は、ですから、と起伏のない声で続ける。

「『要介護2』相当分の介護サービスだけを受けられて、あとは、ご主人なりボランティアなりで奥さんを介護されたらどうですか？」

そんな、と俊三は震える両の手を拳に握って、怒りに耐える。

「家内の病気は、日によって容態が違う。たまたま状態の良い時に訪問審査に来て、それも一時間ほど見ただけで『要介護2』ですか？　だからサービスも削ると？」

「不服なら、再審査の請求をしてください」

迷いなく言って、若い男は俊三越しに「次のかた」と呼んだ。なおも食い下がろうとした時、俊三同様、隣りで相談していた老女が、「あんまりじゃないの」と声を荒らげた。

「戦争を乗り越えて、この国を支えてきたのは私たちなのよ。なのに、この仕打ち……」

女性の担当者相手に、老女は身を震わせる。

「だったら、いっそのこと『死ね』とでも言えば良いわ」

いたたまれずに、俊三は窓口から離れた。鞄の中で薬袋がかさかさと鳴っていた。

ジングルベル、ジングルベル、と喧《やかま》しい音楽が流れる商店街をあてどなく歩く。どうしても、そのまま家へ戻る気になれなかった。幸い、今は家事支援のスタッフが富有子を見てくれている。

真冬にも拘わらず黒く日焼けし、底の厚い、重そうな靴を履いた少女たちの群れとすれ違った。得体が知れない、と思いながらも、彼女たちの明るさが羨ましい。戦も焼夷弾も空襲もない、ただ青春を謳歌出来る時代を思う。

旅行代理店の前を通りかかった時、ガラスに貼られた大きなポスターが目に留まった。九州の由布院温泉への旅行を勧めるものだ。

ああ、と俊三はポスターに見入った。

十五年ほど前、「フルムーン」という言葉が流行った。上原謙と高峰三枝子という懐かしい役者を起用したCMに、旅心をそそられた者も多い。

当時、まだ元気だった富有子が、古本屋で時刻表を買ってきて、飽かず眺めていたことを思い出す。

「古い時刻表なんぞ、何の役にも立たないだろう」

夫に冷やかされると、妻は時刻表を胸に抱え込み、

「良いのよ、本当に使うわけじゃないんだもの。頭の中で旅をするだけだから」

と、少しばかりむきになった。

時刻表を眺めるだけで旅をした気分になれる妻のことを、夫は不思議でならなかった。数字や駅名を眺めたからといって、名物を食べられるわけでも、景色を愛でられるわけでもなかろうに、と。

それなら旅に連れていけ、と言えば良いものを、富有子はそうした台詞は口にしない。

何せ、金がなかった。

老後に備えて、僅かでも蓄えることを優先させた。だが、給料は安く、医療費はかさむ一方だった。結果、持ち家はおろか、夫婦で旅を楽しむ余裕もない人生になった。

せめて、富有子がこうなる前に、何処かへ連れて行ってやりたかった。考えても仕方ないことを、俊三は思わずにはいられなかった。

富有子が時刻表を買ったと思しき古書店は、今も商店街にある。いつもは図書

館を利用するばかりだが、珍しく、本でも買って帰ろう、と思った。

店の前に置かれたワゴンには、段ボールを利用して「百円均一」の投げやりな文字がマジックで書かれている。

その中に九州のガイドブックを見つけて、俊三は手に取った。

別府《べっぷ》、指宿《いぶすき》、由布院《ゆふいん》、日田《ひた》、等々。写真も多用されていて、これなら富有子も眺められるだろう。

俊三が近づく気配に、漫画を読みながら店番をしていた青年が顔を上げた。片方の鼻の孔にピアスをしている。丁度、良い場面だったのか、青年は「早くしてくれ」と言わんばかりにこちらを見ている。

レジの脇に本を置き、財布を開いて百円玉を摘まみ出そうとしたものの、ふと、指が止まった。

ひと月に、十三万三千三百八十円。

その重い数字が、リアルにのしかかる。今の自分には、百円の買い物さえ贅沢だった。

俊三は本を手にしてレジを離れ、店の前のワゴンに戻した。背後で、ちぇっ、と強い舌打ちが聞こえた。

その夜、昔の夢を見た。

夕暮れの気配が、倹しく狭い室内に忍んでいる。赤茶けた畳敷きには、年季の入った長火鉢がひとつ。火鉢には鉄瓶が置かれ、その口から細い湯気が立つ。まだ幼い修三と萎《しな》びた年寄りとが、長火鉢を間にして座っていた。老人は、俊三の曾祖父の仁平《にへい》だった。

欠けた湯飲み茶碗に鉄瓶のお湯を注ぐと、仁平は器を両の掌に包んで暖を取る。ほどよく冷めた頃、ゆっくりと中身を啜り、ほっと温もった息を吐いた。

「ああ、美味《うま》い。美味いなぁ」

あまりに愛おしそうな口ぶりに、俊三は思わず口を尖らせる。

「ひぃじぃちゃん、それ、ただの白湯《さゆ》だろ?」

茶でも酒でもない、しがない白湯をそこまで美味そうに飲む曾祖父のことが、俊三には不服でならなかった。

透明な瓶に詰められた牛乳、玉栓の瓶入りのラムネ等々、俊三には憧れの飲み物がある。ただの白湯をありがたがる曾祖父の気持ちが、曾孫には理解できなかった。

その気持ちを正しく読み取ったのだろう、

「そりゃあ、陽だまりで飲む白湯には、何のありがたみもないだろうさ」

と、仁平は破顔してみせる。

「けどなぁ、俊三」

曾祖父は曾孫から湯飲みの底へと視線を戻すと、しんみりと続けた。

「凍てつく道を歩いてきた者にとっちゃ、ほんの一碗の白湯が、命の糧《かて》にもなるもんさね」

いつか、お前にもわかる日が来る。

いつかお前にも、との仁平の繰り返しの台詞は、けたたましい目覚ましの音に断ち切られた。

ジリリリリ、という音に驚いて飛び起きると、俊三は枕もとの時計を手に取る。

富有子の体位変換の時間だった。

「これでよし、と。さぁ、富有子、ゆっくりお休み」

体の向きを変え、布団を掛け直すと、俊三は自分も再度、床に入った。

小学校に上がる前に曾祖父とは死別しているから、思い出はそう多くない。明治、大正、昭和に渡って、鋳掛屋《いかけや》として骨惜しみせず働き通した男だった。

実際に夢で見た通りの遣り取りがあったか否かは定かではない。当時の曾祖父は実年齢よりも遥かに老けて見えたが、今の俊三より幾分若かったはずだ。ただの白湯さえ美味しいと思える、その心ばえが羨ましい。気づけば、日中に味わった惨めな気持ちが随分と薄らいでいる。もう一度、曾祖父に会いたくなり、俊三は双眸を閉じた。

それまで延々と流れていたクリスマスソングも、街を彩るイルミネーションも、昨日を境に消え去った。新たに迎える平成十二年は、西暦二〇〇〇年に当たるため、何かと騒がしい。

「あまり気を落とさないでくださいね。出来る限り連携して、来春の介護保険実施後も、なるべく不便のないようにしますから」

年内最後の訪問入浴を終えて、馴染みの担当者は俊三を慰め、「良いお年を」との言葉を残して去った。湯あみしてさっぱりとした代わりに疲れが出たのか、富有子はとろとろと眠っている。

傍らに座り込んで、俊三は重い吐息を洩らした。

要介護2よりも3の方が、3よりも4の方が、支給限度額は高くなる。富有子の場合、仮に「要介護３」の認定を得られたなら、自己負担額もぐっと減ることになる。

介護認定に不服ならば、申し立てをすれば良い、と思っていた。けれども、再審査を受けて新たな結果が出るまでどれほど待たされるか、現状ではわからない。誰に問うても、皆、口を濁すばかりだった。

俊三も主治医から勧められて心臓機能障害で四級の申請をして、身体障害者手帳を得ようとしたが、三か月経ってもまだ結果は出ていない。妻も自分も、申請が通る前に寿命が尽きてしまうだろう。

介護保険は強制加入で、保険料は年金から天引きされる。サービスを利用しなくても、保険料支払い義務は死ぬまで続くのだ。

老人は　死んでください　国のため——そんな川柳があったことを思い出していた。

今のサービスを受けていてさえ、深夜が恐い。

富有子の急変、それに自身の心臓にも自信がなかった。闇の中で死はふたりに忍び寄り、朝の訪れで去っていく。それゆえに、ただひたすら夜が明けるのを待つ日々を重ねているのだ。

一日過ぎれば、老いは進む。

無事に年を越せたとして、来年はどうなるのだろう。

もう、誰かを頼ることにも疲れていた。何時までこんな毎日が続くのか。

気が付けば、窓の外が朱色に染まっている。また再び、夜が始まろうとしていた。

「なぁ、富有子」

俊三は妻を呼ぶ。富有子は目覚めず、わずかに身体を動かした。布団から少し肩が出ていた。妻の寝顔を覗き、掛け布団を直す。

「富有子、わしらも、そろそろ潮時かも知れんな」

言葉にすると、色々な感情が込み上げて、俊三は布団に顔を埋めた。富有子、富有子、と妻の名を繰り返すと、声を殺して泣いた。

東京駅を定刻に発車した夜行列車は、予定通り、浜松を通過し、名古屋を過ぎようとしていた。

若き車掌は、B寝台客室の出入口で、控えめに声を発した。

「お寛ぎのところ、申し訳ございません。乗車券、寝台特急券を拝見させて頂き……」

客室内の様子が、他と異なる。ベッドで休むはずの乗客が、床に新聞紙を敷いて横になっているのだ。

「どうされました？」

青年は慌てて、客の傍らに片膝をついた。

七十過ぎと思しき男性は、むっくりと上体を起こして車掌を見上げた。

「家内が気掛かりなものですから」

そう答えて、老人は脇に置いた鞄をまさぐっている。

二段式の寝台、下のベッドはカーテンが半分だけ閉じられていて、連れ合いらしき老女が眠っている。狭い客室の隅には、折り畳まれた車椅子があった。

それらに視線を巡らせて、車掌は状況を察した。

「大変ですね。あとで毛布をお持ちしましょう」

差し出された切符を手に取れば、九州の周遊券と、小倉までの寝台特急券だった。身体の不自由な妻を連れているのに、周遊券というのが意外な気がして、

「ご旅行ですか？」

と、つい尋ねてしまった。先輩乗務員が居れば、きつく咎められる行為だった。

「――その、孫に会いに」

戸惑いつつも相手が答えてくれたので、車掌は軽く帽子に手を遣る。

「どうぞ、良い旅を」

車掌の挨拶に、ありがとう、と老人はくぐもった声で応じた。

離れて暮らす孫たちと一緒に、年越しをするのだろう。その前に夫婦水入らずで温泉にでも行くのか。小倉を起点にすれば、色々な廻り方が出来る。九州の人間は情に厚いから、きっと先々でも困ることは少ない。ほのぼのと温かな気持ちになって、青年はその客室を離れた。

窓の外、漆黒の闇に時折、蛍火の如き人家の明かりが流れていく。夜は静かに更けつつあった。


未明の小倉駅、空はまだ仄暗く、冷気が肌を指す。先に下車した客の数だけ、凍った息の花がホームに咲き、消えていった。

青年は慎重に、富有子の乗った車椅子を後ろ向きにして、ホームへとおろす。きちんと研修を受けているのだろう、迷いのない動きだった。

「お世話になりました」

毛糸の帽子を外して俊三が頭を下げれば、車掌もまた帽子を取って、「どうぞ良いお年を」と笑みを浮かべる。

俊三は車椅子のハンドルに手を添えて、ホームから出ていく寝台列車を見送った。徐々に加速する列車の窓に、ちらりと車掌の姿が映り、瞬く間に見えなくなった。

「優しい青年だったなぁ、富有子」

身を屈め、風が入らぬように妻のショールを整える。目深に帽子を被せられた富有子は、車椅子に座ったまま、とろとろと眠り続けていた。

あんな息子が居たら、どんなに心強かっただろう。そして、本当に孫に会いに行くのなら、どんなに――。

今さら思ったところでどうにもならない。俊三は腰を伸ばして車椅子のハンドルをぎゅっと握る。体重を前にかけ、ゆっくりと車椅子を押した。

仕事納めの前日とあって、帰省ラッシュには至っていない。学校は冬休みのため、通学する生徒の姿もない。早朝の在来線、俊三たちの他に四、五組の乗客が各々ボックスシートに腰をかけ、寛いでいた。

途中、何組かが下車し、新たに乗車する者もないまま、中年女性三人のグループと俊三たちだけになった。

「ねぇねぇ、ラジオかけても良いかしら」

「あら、そんなもの持ち歩いてるの？」

「ポケットラジオでしょう？ 意外に便利なのよね。お天気とかも教えてくれるし、地元の情報が聞けるのも楽しいし」

少し離れた座席で、女性たちの話し声がしている。ほどなく、ボリュームを絞ったラジオの音声が流れてきた。ローカルニュースのあと、天気予報が読み上げられた。今日はよく晴れて、風もなく穏やかな一日になるという。

「日田駅についたら、タクシーね」

「そして、念願の温泉！」

節度を保ちつつ、浮き立つような会話が続いていた。いずれも四十半ば、仕事や家庭が一段落して、漸く手に入れた自由なのだろう。

人生を四季に喩えるなら、彼女たちは今まさに実りの秋を迎えようとしている。同じ車両に居ながら、彼女たちのところだけ、妙に明るく見えた。

窓の外、山際から菫《すみれ》色に染まり始めた空と、黒々とした山影がこちらへと迫る。窓際の富有子は、ぼんやりと車窓に顔を向けていた。その目が外の景色を眺めているかどうか、定かではない。

――あなた、あなた、ごめんなさい

結婚して三年目、身籠った子を流産した時、富有子はぽろぽろと涙を零した。子宮に異常が見つかり、医者から子どもを諦めるよう言われたのだ。

当時を思い出して、俊三は唇を引き結ぶ。

二度と子を授かることはない、とわかった時、自分は富有子に何と声を掛けたのか、思い出せなかった。さらには、今なお、「子どもが居たなら」と考えてしまう己の愚かさが、深々と胸に突き刺さる。

ふたりで良い。ふたり家族で生きていこう。あの時、言葉にしてちゃんと伝えていただろうか。

「あっ」

俊三の口から思わず声が洩れたのは、その耳が、聞き覚えのある前奏を捉えたからだった。

静かに　静かに

手をとり　手をとり
あなたの囁やきは　アカシヤの香りよ

富有子が僅かに首を動かした。明らかに、耳を澄ませている様子だった。俊三は音に合わせて、低く歌いだした。

アイ　ラブ　ユー
アイ　ラブ　ユー
いつまでも　いつまでも
夢うつつ　さまよいましょう
星影の小径よ

愛を囁く歌詞が繰り返される。大きく音程を外した歌声が、俊三の歌に重なった。途中から歌詞も聞き取れないほどの、あやふやな歌声、何年振りの歌声だろう。俊三は胸が一杯になり、両の腕を富有子の身体に回して、抱き寄せた。
痛いのは駄目だ。

人様を巻き込むのもいかん。

夫婦ふたり、ふたり一緒に逝ける場所。

潤む視界に、車窓越し、白み始めた空が美しい。

「ごらん、富有子。随分山深いところだ。いい場所かも知れない。次の駅で降りようか」

畳んでいた車椅子を広げれば、女性たちが手を貸そうと腰を浮かした。掌を左右に振って、彼女らの手助けを断り、俊三は富有子を車椅子へと移した。

思いがけず長いホームには、人影はない。

短い警笛を鳴らすと、列車は年老いた夫婦を残して、ゆっくりと動き始めた。遮るものがなくなれば、周囲の山がすぐ眼前に迫るようだった。

山々に遮られて日の出は臨めないが、頭上には朝焼けが広がっていた。

「ここが人生最期の駅になるんだな。静かな、本当に静かな良い駅だ」

戦禍を越えて生き残った。

今日まで長らえたこの命も、ここで終えることになる。

哀切に満ちた眼差しで、俊三はゆっくりと辺りを見回した。ふと、駅名標が目に入る。

平仮名で大きく「よあけ」。その下に「夜明」と記されていた。

「夜明？　この駅は夜明という名なのか」

俊三は幾度も表記を確かめる。

「夜明、夜明か……」

確かにその駅名であると知って、俊三は絶句した。

古い集合住宅の一室で、深夜、富有子を介護しながら、ずっと夜明けを待った。富有子と、それに己の持病の急変を恐れて、ただひたすら、夜が明けるのを待っていた。暗い部屋に朝の陽が射し込む時、救われた思いがしたのだ。

先の見えない毎日に疲れ果てて、自らの手で幕を引こうと死出の旅に出た。その終着駅として選んだ駅の名が、「夜明」だというのか。

俊三はただ、立ち尽くすしかなかった。

ツリュリュ、チーチー、と可憐な鳥のさえずりが聞こえる。太陽の姿は見えないけれども、朝の風が老夫婦を包んでいた。

——いつか、お前にもわかる日が来る
曾祖父の言葉が、耳の奥に蘇る。

俊三はふと、右の手に温もりと震えとを覚えた。傍らの車椅子から、富有子が病で震えの止まらぬ手を伸ばし、俊三の手を取っていた。

「おうちに帰ろう、ふたりで」

妻の言葉に、俊三の眼から涙が溢れ出る。涙はあとからあとから流れて、止めることが出来ない。

「うん……うん」

辛うじて応えて、俊三は背後から妻を強く抱きしめた。

朝の清浄な光が、俊三と富有子、それに駅名の「夜明」を明るく照らしている。

夜明の鐘

新神戸《しんこうべ》駅での停車時間は短い。

鹿児島《かごしま》中央行きの新幹線「さくら」は、数人の新規の客を乗せると、本降りの雨の中、ほぼ定刻通りにホームから滑り出した。台風十七号の直撃まで、まだ少し時がある。

秋分の日、通常ならば旅行者で賑わうはずの車内には、翠《みどり》のほか、六人ほどの乗客が居るのみ。中ほどの三人掛けの窓側の席で、翠は待ち人を迎えるべく、先刻から中腰になっていた。待ちかねているのは、およそ十年ぶりに会う、学生時代からの親友だった。

ほどなく開いた扉の向こうに、中年女性が佇んでいるのが見えた。

重そうな鞄を肩に掛け、左手にレインコート、右手には、これまた重そうなビニールの買い物袋を提げている。女性は手にした切符に目を落とし、指定席車両の号数を確かめているようだった。

俯いているため顔は見えないが、丸々とした背格好、切符を持つぷっくりとした手。翠の待ち人に違いなかった。

「杏子《きょうこ》！　こっち、こっち」

思わず両手を振って、翠は親友を呼んだ。

「翠ぃ」

車体の揺れによろめきながら、杏子は翠の傍へと急ぐ。三人掛けの座席の通路側に荷物をどさっと置くと、杏子は真ん中の席に浅く腰をかけて翠の方へと身体を捩《ねじ》った。

「やだ、翠、ちっとも変わらない」

「『やだ』って何よ。そっちこそ、全然変わってないじゃないの」

二人の間を仕切っていた肘置きを跳ね上げて、翠は杏子の手をぎゅっと握る。

「いきなり旅に誘ってゴメン。でも、来てくれて嬉しい」

幼子を思わせる肉付きの良い手は昔のままで、大事な友が確かに今ここに居る、と実感できる。

杏子もまた、翠の手を強く握り返した。

「こっちこそ、誘ってくれてありがとう」

互いに相手の腕をぽんぽん、と軽く叩きあう。二人の間に横たわっていた十年近い空白が、一気に埋められていく感覚を翠は覚えた。

積もる話は山ほどある。さて、何から話そうか、と思った時だ。雨脚は激しさを増し、車窓には叩きつけるような雨が映る。明石《あかし》海峡もそこに架かる大橋も見えないまま、新幹線「さくら」はトンネルに突入した。

「私たちって、二人揃うと雨女だったねぇ」

杏子がしみじみと言い、

「そうだった、そうだった」

と、翠が笑って応える。

都内の中高一貫の女子校で同級生だった二人は、卒業後に進路が分かれても、時折、誘い合って小さな旅を重ねていた。信濃路《しなのじ》も甲州《こうしゅう》の旅も伊豆《いず》諸島も、全て雨だった。

翠が結婚し、同時期に杏子が神戸に移り住んだため容易に会うことも叶わず、ことに杏子が両親を在宅介護するようになってからは、連絡も途絶えがちになっていた。杏子がふた親を立て続けに看取ったことを知り、思いきって十日ほど前に連絡を取り、旅に誘った翠であった。

「久々の二人旅のせいか、雨の方もすごいことになりそうよ」

ほら、と翠は充電中の携帯電話を取り上げて、杏子に示す。

幾日か前に沖縄の南の方で発生した台風十七号は、じれったいほどゆっくりと北上し、沖縄、九州と襲ったあと、今は中国地方で大暴れしている。携帯の画面に表示された雨雲レーダーは、翠と杏子の旅路を黄色や赤に染めて、この先の天候も容赦ないことを宣告していた。

「よりにもよって、何でこの日に台風に直撃されるかなぁ。『ターファー』って名前も何だか小憎らしい」

昔通り、旅の計画を立てたのは翠だ。急な旅の誘いに快く応じてくれた杏子の好みを外さないよう、あれこれ予定を組んでいるのに。

吐息交じりの翠を、まぁまぁ、と杏子は宥《なだ》めて、傍らのビニールの買い物袋を膝に移した。

「新幹線が動いてただけでも儲けもんだよ。ほら、『ひっぱりだこ飯』も無事に買えたし」

地元の駅弁って、食べる機会がほぼないからさ、と杏子は蛸壺型の容器を開いて見せた。

みっしりと詰まっているのだろうご飯の上に、蛸と筍、椎茸、人参などの具が彩りよく載せられている。かなりのボリュームだった。

元来、食が細い上に昨夜の接待の酒がまだ少し残っていた翠は、内心、「うっ」と思う。それを察したのか、杏子は「あはは」と笑い、

「大丈夫、私ひとりで食べるから。朝ご飯、食べそびれちゃったのよ。翠にはこれね」

と、鞄をごそごそと探って、小振りの丸いものを取って翠の方に差し出した。柔らかなハウスミカンだ。橙色を帯びた美しい黄が、掌の上で輝いて見えた。

「旅の気分を盛り上げるのは、断然冷凍ミカンなんだけど、今は何処にも売ってなくて」

「ありがとう」

このところ気の滅入ることばかりだった翠は、手渡された鮮やかな果実と友の気遣いとで、心がほっと安らいだ。

山陽新幹線はトンネルが多く、窓にはがらがらの車内が鏡写しになっている。翠の隣りで、幸福そうに駅弁を頬張る杏子の横顔が映っている。

相変わらず、美味しそうに物を食べるなぁ、と翠は友の様子を好ましげに見守った。

機嫌よく物を食べるひとというのは、身近にいる者を幸せにする。翠の夫、光《こう》志《じ》も昔はこんな風だった、と翠は手の中のミカンを握った。

夫婦の会話が減り、食卓をともに囲むこともなくなって、光志の旺盛な食欲を目にする機会も消え失せていた。

「ああ、美味しかったぁ。ご馳走さまでした」

「えっ、もう？」

やるせない思いに浸っていた翠は、友の声に驚いて隣りを見た。杏子は駅弁を綺麗に平らげて、律儀に手を合わせている。

「ここ何年かで、すっかり早食いになっちゃった。身に付いた癖って、抜けないんだよね」

杏子は言って、箸や箸袋、お手拭きは小さくまとめてテーブルの隅に、空になった陶製の弁当箱はビニール袋に入れて、傍らに置いていた鞄に納める。

「ちょ、ちょっと杏子」

腕を伸ばして杏子の手を押さえ、翠は鋭く尋ねる。

「あんた、それ持って帰るつもりなの？」

これから旅が始まるというのに、見るからにずっしりと重そうな容器を捨てずに持ち歩くというのか。

「捨てられないんだよねぇ、こういうの」

杏子は、ちろりと舌を出してみせる。

「峠の釜めしとか、下関のふくめしとか、陶器が可愛くて。使わないけど、家に一杯あるよ」

「杏子の陶器好きは知ってるけど……。でもさ、その駅弁、地元のでしょう？わざわざ九州旅行の間中、鞄に入れて、それでまた神戸に持ち帰んの？」

呆れ顔の翠に、だって捨てられないんだもん、と杏子はまるで気にする様子もない。

「……思い出した。学生の頃、一緒に山梨に行った時、汽車土瓶って言ったっけか、あんた、あれを後生大事に持って帰らなかった？」

確か、小淵沢《こぶちざわ》駅だった。駅弁に付き物のお茶入れが珍しい陶器製で、杏子はやっぱり鞄に仕舞い込んでいたのだ。

「翠、よく覚えてるねぇ。多分、その水筒、探せばまだ納戸にあるはずよ」

杏子の台詞に、翠は堪らなくなって噴きだした。笑いは杏子に移り、二人は暫し、笑いを止められなくなった。

窓の外は激しい雨で、何も見えない。けれど、一緒なら楽しい旅になりそうだった。


岡山で何人かが下りて、車内は翠たちのほか、三人ほどになった。

「みどりの窓口で切符を買う時に、何度も念を押されたんだけどね」

杏子は鞄の前ポケットから切符を二枚取りだして、翠に示す。乗車券に記載された駅名は日田《ひた》。二人旅の目的地は日田温泉だった。

「日田に行くには、博多《はかた》か久留米《くるめ》経由にした方が早く着けるんだって。翠のメールにあった通り、特急券を小倉《こくら》までにしたんだけど、それで本当に良かったのかな、と思って」

翠の組んだ旅のスケジュールでは、小倉から日田彦山線《ひたひこさんせん》で日田駅に向かうことになっていた。ただ、日田彦山線は二年前の豪雨で被災して、一部は未だ復旧しておらず、添田《そえだ》駅から夜明《よあけ》駅までは代行バスを使うことになる。

「被災した鉄道を応援したいから、そのルートに賛成したんだけど……。でも、考えてみたら、翠は昨日まで出張で大阪だったじゃない。疲れてるだろうし、楽に日田へ行ける方が良かったんじゃないの？」

「それはそうなんだけど……」

少しばかり言い淀んで、翠はバッグから地図を取りだした。

「ここが小倉、これが日田彦山線。被災して不通なのは添田から日田、ただし夜明からは久大本線《きゅうだいほんせん》に乗り入れてるから、実際は添田から夜明までが不通になってる。まずは添田から代行バスで東峰村《とうほうむら》へ行こうと思うの」

地図の該当部分を示して、翠は続ける。

「この左側、ちょっと細長いハートの形をしているのが東峰村。東峰村には『小《こ》石原焼《いしわらやき》』の窯元が五十くらい集まってるのよ」

「小石原焼⁉」

杏子が身を乗りだして、顔を埋めんばかりに地図に見入った。

「使い勝手の良い、日用の陶器が多い、って雑誌か何かで読んだことがある。ここで焼いてるの⁉」

「杏子、テンション高過ぎ」

苦笑いして、翠は杏子の肩を軽く叩いた。

「小石原には道の駅があって、そこで買い物も食事も出来るみたいだから、まずは路線バスに乗り換えられる大行司《だいぎょうじ》駅を目指すよ。最後は夜明駅から久大本線で日田駅へ出て宿に行って温泉三昧！」

運転免許があればレンタカーで回ることも出来るのだが、あいにく二人とも免許を持っていない。現地ではバスかタクシーになるが、それもまた楽しい。

早速、携帯電話で小石原焼について調べ始めて、杏子ははしゃいだ声を上げる。

「『用の美』で、飽きの来ない素朴な器が多いんだって。旅の記念に普段使いの器を買おうっと。ああ、わくわくが止まらない」

嬉しそうな友の様子を見て、翠の方が随分と慰められる思いだった。

──紙おムツが溜まった袋を捨てる時にさ、体重をかけて、バフッて中の空気を抜くの。もちろん息を詰めてるんだけど、あの作業って地味に気力を削ぐんだよね

──家族が何人いようが、親戚が何人いようが、結局、介護するのはひとりだけ。賢いひとは皆逃げちゃって、誰も助けてくれない

杏子の誕生日にかけた電話で、会話の中に織り込まれる友の諦念に、声を失したのを覚えている。気ままな外出もままならず、ラジオと読書だけが味方だ、と

話していた杏子。介護から解放された今、存分に羽を伸ばしてほしい。その気持ちに嘘はない。

ただ、と翠は地図に視線を戻した。そこに記された「夜明駅」という文字が、翠には大きく見える。

杏子にはまだ話していないが、日田彦山線を選んだ理由は、実はこの「夜明駅」にあった。悩み続けていることに何らかの答えを出して、人生の夜明けを迎えたい。今回の旅は、翠にとって、生き方を決めるためのものだった。

傍らの友の煩悶を知らぬまま、杏子はずっと小石原焼について調べている。会話は途切れて、翠は地図をしまうと、窓に額をつけて目を閉じた。このところ、あまり眠れていなかったせいもあり、睡魔に襲われる。

杏子に悪い、と思いつつ、窓に顔を付けたまま、翠は眠りに落ちてしまった。

——そりゃあ、翠にはこれまで支えてもらったよ。会社を辞めてからずっと、生活費も学費も何もかも全部出してもらったし、心から感謝してる
七つ年下の夫、光志の声が歪《いびつ》に響いている。

ああ、この台詞、忘れようもない。その先を聞きたくない、と思うのだが、カ

リモクのテーブルを挟んで、光志は俯き加減でこう続けた。

――でも、もう一緒に暮らすことに疲れてしまった
「私の方が疲れてるわよ」

自分の声に驚いて、翠ははっと目覚めた。深く眠り込んだらしく、今、自分が何処に居るのか、一瞬、わからなかった。

「大丈夫？　翠」

杏子が翠の顔を覗き込んでいる。

「ああ、杏子」

心配そうな表情の杏子、それに新幹線の車内。

瞬時に状況を思い出して、翠は長年の営業で培った笑顔を作った。

「ゴメン、ゴメン。私、寝ちゃってた」

せっかくの旅行なのにゴメンね、と片手で拝んでみせる翠に、杏子は何かを言いかけて、止《とど》まった。車内に、小倉駅到着が近いことを知らせるアナウンスが流れている。翠が寝入っている間にターファーをやり過ごしたらしく、車窓に雨を見ない。ただ、台風一過というわけでもなく、狭い空は鉛色だった。

小倉駅で新幹線を下り、在来線乗り場へと向かう。乗り継ぎ時間は二十分ほどあり、無理のない移動だった。

「翠、見て見て、『名物かしわうどん』だって!」

「あんた、車内でしっかり駅弁食べたじゃないの。ここでお腹一杯にしてどうすんのよ」

杏子の食欲に呆れ、その腕を引っ張るようにして日田彦山線のホームへ連れて行く。

「何か良いなぁ、こういうの」

翠に腕を引かれて、古い車両に乗り込みながら、杏子は声を立てずに「ハハハ」と吐く息で笑う。

「私ねぇ、昔っから翠に呆れられたり、叱られたりするの、好きだったんだぁ」

「何よ、変なやつ」

笑いながら、ふっと目の奥が温かくなる。

学生の頃から、凸凹コンビの二人だった。穏やかでマイペース、丸々とした体型の杏子と、神経質で理詰め、細身の翠。見た目も性格も正反対だったが、妙に気が合ったのだ。

ボックスシートに並んで座れば、次第に乗客が増え、小倉駅を出る時にはほぼ座席が埋まっていた。

「懐かしいねぇ、この振動」

杏子はうっとりと目を閉じ、ゴトン、ゴトン、という車体の揺れを受け止める。振動だけではない。ボックスシートも、持ち上げて開閉する窓も、何もかもが懐かしい。

感傷に耽る二人と多くの利用客を乗せて、小さな車両はゴトン、ゴトンと揺れながら「採銅所《さいどうしょ》」「一本松《いっぽんまつ》」と進んでいった。

「お互い、学生の頃はお金がなかったから、鈍行であちこち行ったたっけねぇ」

「長い時間、座りっ放しで腰が痛くなったたねぇ。でも、翠となら飽きなかった。色んなこと話したっけ。あ、そうだ、さっきの地図、もう一度見せてくれる？」

友に乞われて、翠はバッグのポケットに差し込んでいた地図を取りだした。広げた地図の、日田彦山線の路線を辿っていた杏子の指が「夜明」のところで、ぴたりと止まった。

「やっぱりそう、この駅よ。新幹線の中からずっと気になってたの」

内心の動揺を隠して、「何が？」と翠は尋ねる。記憶の引き出しを浚《さら》えるような眼差しを天井に向けて、杏子は唇を開いた。

「私が汽車土瓶を買った、あの旅。二十年くらい前のあの旅で、翠と私、ちょっとした口論になったの。覚えていない？」

それは、鈍行の中で読んだ新聞記事が発端だった。

社会面に掲載された小さな記事。都内に住んでいた高齢の夫婦が、九州の無人駅で保護された、という内容だった。

認知症の妻を介護していた夫が、無理心中をしようと当所《あてど》も無い旅に出る。しかし、降り立った駅で思い留まったのだ。

「それが『夜明駅』だったはずよ。駅の名前に、ひとを踏み留まらせる力があるのかどうか──私たち、随分とヒートアップしたもの」

真剣に死を決意した人間が、たかが駅の名前くらいで踏み留まったりはしない、という翠。追い詰められたからこそ、「蜘蛛の糸」のように微かなことが生きる縁《よすが》になる、という杏子。

「細かいことは忘れてしまったけれど、結構、熱くなったのよねぇ」

杏子の指摘に、翠は深く息を吸い込んだ
あの記事が、駅の名が、友の記憶にも刻まれていたことに、驚愕よりもむしろ深い感動を覚えていた。そういう相手だからこそ友情が続くのだ、と改めて感じ入る。

「『駅の名は夜明』」

嚙み締めるように、翠は声を発した。

えっ、と怪訝そうに杏子が翠を見る。

「記事に添えられていた見出しが、『駅の名は夜明』だった」

杏子からすっと視線を外して、翠は続ける。

「当時の私はとても傲慢で、斜に構えているところがあった。杏子の言葉と相俟って、その見出しが、ずっと心に残っていたの」

大学を卒業して、社会人になり、世間に揉まれるうちに少しずつ考えが変わっていった。四十を過ぎた今、つくづく杏子の言う通りだと感じ入るばかりなのだ。

「人生のどん底にいたら、ひとは、駅の名前にさえも救いを求めるのかも知れない」

友に視線を戻すと、翠は少しばかり照れたように、

「なぁんてね、そんなことを考える齢になっちゃったのよ、この私も」

と、おどけて言い添えた。

「翠ぃ、何か悩みでもあ……あれ？」

言葉の途中で、杏子はふと視線を巡らせる。

何時の間にか、周囲からひとの気配が消えていた。電車は既に何処かの駅に着いており、ドアはずっと開いたままだ。奇異に思って窓からホームを見れば、右往左往しているひとたちの姿が目に入った。

「田川後藤寺《たがわごとうじ》」

駅名表を読み上げて、杏子は手もとの地図を見直す。

「終点は添田駅よね。まだ四つ先だわ」

杏子の声に重なるように、この電車が当駅止まりであることを告げる車内アナウンスが流れた。降車を促すアナウンスを耳にして、二人は慌てる。

話に夢中になり過ぎて、乗り間違えたのだろうか、と思いきや、台風の影響で田川後藤寺—添田間が運休とのこと。ホームに降りて見れば、その先の足を求めて、人々が駅員に食ってかかっていた。

「それならそうと、何故、小倉を出る時にちゃんとアナウンスしないんだよ」

「一体、どうしたらええんや」

対応に追われている駅員を横目に、翠は改札の外を見た。ロータリーの端に、タクシーが客待ちをしている。

　杏子の重そうな鞄の持ち手を握って、翠は早口で言う。

「杏子、タクシー乗り場まで走るよ」

「え？　タクシー？！」

　翠に引っ張られて、杏子も走る。後部座席のドアを開けて待機していた運転手は、ものすごい勢いで乗り込んできたお客に怯んでいる。古稀は過ぎたと思しき運転手に、翠は、

「添田発十一時半の代行バスに乗りたいの。それまでに添田駅に着けるかしら」

と、迫った。運転手はハンドル脇の時計に目を遣り、

「二十分あれば充分かと」

と答えた。

　時計の針は十一時十分を示している。

「じゃあ、やってください。急いで」

　翠の言葉が終わる前に、小型タクシーは走りだした。

　山間の車道をタクシーはひた走る。台風は去ったが、置き土産の雨雲が頭上に垂れ込め、時々、大きな雨粒がフロントガラスを濡らした。翠も杏子も景色を楽

しむどころではない。

添田でそのバスを逃せば、旅の予定は大幅に狂う。駅らしき建物が見えてきた時、うう、と運転手が呻き声を上げた。

「あそこがバス停ですが、姿が見えん。もう出たあとのようです」

ハンドル脇のアナログ時計は、十一時半を示している。僅差で間に合わなかったのだろうか。

「あれ？」

代行バスの時刻表を確かめようと、携帯電話を取りだした翠は、画面に表示されたデジタル時計と、車内の時計とを見比べた。五分ほど、誤差があった。

「運転手さん、その時計、遅れてない？」

翠の指摘に、初老の男は「そうですか」と悪びれる様子もない。チッキショーと内心で毒づきつつ、翠は前のめりになって尋ねた。

「ちょっと、あんまり酷いじゃないの。何か手はないんですか」

「次のバスを待つしかないなぁ」

折しも、車の外は横殴りの雨で、周囲には時間を潰せそうなところもない。

「翠ぃ、ここで待つなんて無茶だよ」

心細げに杏子は言い、翠は翠で後部座席から恨めし気に運転手を睨む。彼は、

「代行バスの次の停車場所は歓遊舎《かんゆうしゃ》ひこさん駅だから、そこまで追いかけてみますかな」

と提案して、ハンドルを切った。

雨であまり視界の利かない道を、しかし、慣れた様子でドライバーは車を飛ばす。県道から少し入った位置にかなり大きな施設があった。道の駅のようだが、どうやらそこが停車場所らしい。だが、やはりバスの姿はない。

「もう少し、追いかけますかな」

ミラー越しに問われて、翠は憤然と頷いた。メーターは上がり続け、杏子は眉尻を下げる。

結局、次の豊前桝田《ぶぜんますだ》でも追いつけず、彦山駅前の停車場所まで走行しても駄目だった。

「県道五十二号……」

標識を検《あらた》めて、翠は低く唸る。抜け道があるわけでもなく、バスと同じ道を走っていたのなら、追いつけるはずもない。こうなることは最初からわかっていたのではないか、と翠は口から火を噴きそうなほど憤っている。

車内には、険悪な空気が蔓延《はびこ》っていた。

「駅舎の中で、次のバスを待ったらどうかね」

白い壁に赤い屋根、古い校舎を思わせる建物の前で、運転手はメーターを止めて下車を促した。そんなバカな、と噛みつきかける翠を制し、杏子がドライバーに話しかける。

「小石原の道の駅までって、ここから遠いんですか」

「いや、ここからだとそう遠くない」

料金も千円上がるくらい、との返答だった。

「翠、『毒を食らわば皿まで』って言うじゃない。このまま小石原まで行っちゃおうよ」

杏子は相棒に告げると、運転手に車を出すように言った。

車が再び動き始めると、憑き物が落ちた心持ちになって、初めて外の景色を眺める気になった。激しい雨は小止みとなり、山肌が露わになった箇所や、ブルーシートで覆われた箇所、なぎ倒された樹々が目に入る。

今回のターファーの仕業かと思ったが、運転手によれば、二年前の「九州北部豪雨」の爪痕とのこと。

二年経ってこれか、と溜息をつく翠の隣りで、杏子は窓ガラスに手を置いて呟いた。

「線路もダメージが凄かったから不通になったまま復旧できない……辛いなぁ」

杏子の暮らす神戸市東灘区は、阪神淡路大震災で大きな被害を受けた。杏子自身は当時、まだ東京に居たが、神戸に移り住んだこの十年の間に、もしかすると、被災から立ち直る難しさを、肌で感じたのかも知れない。

「そらぁ、復旧するに越したことはないが、もともと年に二億六千万ほどの赤字路線だった上、修復するのに恐ろしいほど金が掛かる。おまけに、ＪＲは地元の自治体に復旧後も年一億六千万出せ、って言うけど、そんな金、何処にあるんだって話」

投げやりな語調で言って、高齢の運転手はゆっくりとブレーキを踏んだ。

フロント越し、何かを模したものか、段々に繋がる屋根と横に広がる木造建物、それに、みっしりと自家用車の並ぶ駐車場が見えていた。

「釈然としない」

遠ざかる車影を見送って、翠は眉間に皺を寄せる。手に握り締めるのは釣銭とレシート。田川後藤寺からここまで、結局七千円ほどかかった。

「時計が遅れてたことも、端から間に合いそうにないことも、知ってたんじゃないの、あのオヤジ」

まぁまぁ、と杏子が友の背中をぽんと叩く。

「ほら、刑事ドラマとかであるじゃない、『前の車を追ってくれ』っていうやつ。何か、あれを地で行くみたいで、ちょっと楽しかった」

「へ?」

思いがけない感想に、一瞬、翠は虚を衝《つ》かれた。

そのぽかんとした様子が受けたのか、杏子は声を立てて笑う。ひとしきり笑うと、

「ああ、お腹空いた。トイレにも行きたい。翠、早く行こうよ」

と、重い荷物を抱え、先に立って建物の中へと入っていった。

食事時のせいか、道の駅の食堂は券売機の前にひとが並んでいる。九月にしては肌寒かったため、迷いつつも二人とも熱い大麦饂飩に決めて、隅のテーブルに陣取った。

「杏子の言う通り、食べ物がお腹に収まると、落ち着くのは確かだわ」

あっさりした出汁を残さずに飲み干して、溜息とともに翠は言った。出鼻をくじかれて波立っていた気持ちが、今は凪いでいた。

とうに食べ終えていた杏子は、うん、うん、とにこやかに頷きながら、テーブルの上に千円札三枚と小銭を置く。

「タクシー代、ありがと。割り勘ね」

「相変わらず、律儀だね。もらっとく」

席の空くのを待つひとのため、二人は慌ただしく荷物を手に立ち上がった。

台風のあとも、悪天候は続いている。駐車場が満杯になる理由が最初はわからなかった。だが、この道の駅は小石原焼の五十ほどの窯元の展示即売所と、地元の野菜や加工品などの特産物直売所を兼ねていて、大した充実ぶりなのだ。情報コーナーには長椅子があって、ちょっと休憩できるようになっている。

「私はここに居て荷物を見てるから、杏子、ゆっくり器を見ておいでよ」

「ほんと？　良いの？」

身軽になった杏子は、弾む足取りで展示即売所の方に消えた。

翠は長椅子に腰を下ろすと、バッグから携帯電話を取り出した。予期していたことではあったが、光志からの着信もメールもない。

「ああ、そうですか、そういうことですか」

小さく毒づいて、携帯をポケットに戻す。

相手から離婚を切り出されたのは、ひと月ほど前のことだ。言いたいことだけ一方的に告げると、その夜のうちに光志はマンションを出て行ってしまった。身につけていたジャケットも靴もバッグも何もかも、光志に乞われるまま、翠が贈ったものだった。

否、そればかりではない。

甘え上手、頼り上手だった年下の夫は、ある日突然、「大学に入り直して建築学を学び、いずれは建築士になる」と言い出して、会社を辞めた。最初は編入学を目指したが、難関なため、一般受験で受け直し、三年浪人してやっと私大の工学部に合格した。来年には卒業の予定だが、その間の生活費に大学の入学金、授業料など一切合切を翠が出している。

同じハウスメーカーに勤務していたからこそ、他学部出身で建築士の資格のない光志の気持ちも忖度できたし、支えたい、とも思ったのだ。

認めたくはないが、若い女の影があった。

大学の仲間か何かなのだろう、カードの明細には逢瀬を重ねた痕跡が残っている。

七つ年上の同僚、という立場のままなら、結婚などしなかったなら、こんな目には遭わなかった。

結局は金蔓にされただけの結婚生活だったのか。そんなみじめな事実を受け容れることが出来るのか。この私に。

「ない、ない。ありえない」

自然に声が洩れていた。はっと周囲を見回すと、幸い、誰もこちらを気にしていない。気恥ずかしさを紛らわせようと、翠は立ち上がって、パンフレットを眺める振りをした。「民陶むら祭」と記された、オレンジの目立つちらしに、ふと目が留まる。

「来月、この先の伝統産業会館で、小石原焼のイベントがあるんですよ」

案内カウンターにいた女性が、気さくに声をかけてきた。

「年に二回、春と秋に開催されるイベントで、福岡市内からも臨時に直行バスが出るので、大勢のかたがお見えになります。掘り出し物に出会えますよ」

「そうなんですか」

翠はちらしを一枚、手に取る。

十月十二日から三日間のイベント告知だった。焼き物の販売だけではなく、絵付け体験もある。さすがに来月また訪れるのは無理だろうが、一応、杏子に知らせておこうと思い、荷物を全て持って展示即売所へと足を向けた。

何時の間にかまた雨が降り出して、ガラスの向こうに水煙が上がっている。雨から逃れて即売所に入り込んだひともいるだろうに、誰もが取りつかれたかの如く、熱心に器を選んでいた。荷物が展示物に触れるのが恐くて、翠は出口近くで待機して、周囲を眺める。

食卓の伝統工芸、と呼ばれる小石原焼だけあって、生地を鉋《かんな》で削り取って模様としたもの、刷毛《はけ》や櫛を使って柄を付けたものなど、素朴で温かな印象の焼き物が目立つ。器にあまり興味のない翠でさえ、お土産に使い勝手の良い小皿を買おうか、と思うほどだった。

杏子は、と見れば、棚に並んだマグカップを手にとっては戻し、手にとっては戻し、と悩んでいる。ペンギンの絵付けは、二つ並べるとペンギン同士が手を繋いでみえる。ペアのマグカップだった。

誰かへの結婚祝いか何かだろうか。

そう言えば、と翠は思う。これまで、杏子から恋の話を聞いたことがなかった。

互いに女子校育ちで恋愛には疎かった。ただ、女子大に進んで翻訳の仕事についた杏子と、共学の商学部から営業職に就いた翠とでは、異性との距離は異なる。ましてや、杏子は最近までずっと在宅介護をしていたのだ。

恋愛の成就する瞬間も知らず、誰からも求められずに朽ちていくのは、私なら嫌だ——そう思ったことに対して、翠は胸のうちで「杏子、ゴメン」と詫びた。

「あ、翠、ごめーん」

買い物を終え、ドアの傍らの翠に漸く気づいて、杏子は友のもとへと駆け寄った。結局、あのマグカップを買ったらしく、大きな包みを抱えている。

「このあと、窯元巡りでも、と思ってたんだけどさ、見てよ、外」

翠に言われて、どれ、とガラスの向こうを覗いた杏子は、あちゃー、とその場に座り込みそうになった。激しい雨はまだ続いている。

顔をくしゃくしゃにして落胆を表す友に、

「何の慰めにもならないけど、年に二回、こういうのがあるんだって」

と、先ほどのちらしを差し出す。

「今日は下見ってことで、来年、また来よう」

今回、旅の計画を練る時、この近辺に泊まろうか、と役場に電話をかけて宿泊施設を尋ねた。だが、一軒、目星をつけていた宿は二年前の水害で被災して、営業していないと教わった。

「一年経てば状況は変わるし、次回は余裕をもって計画を立てるからさ」

ちらしを夢中で見ている杏子に、翠は宥《なだ》める口調で言った。

路線バスは、通称「もみじロード」と呼ばれる道を快調に走る。

皮肉なもので、乗車した途端、雨脚は徐々に弱まっていった。両側に迫るもみじや欅《けやき》や銀杏《いちょう》など、秋が深まればさぞや彩りが美しいだろうが、残念なことに紅葉にはまだ早い。翠はつくづく、己の読みの甘さを呪わしく思っていた。

「ほら、見て、翠」

貸し切り状態の車中、通路を挟んだ座席に陣取っていた杏子が窓の外を指さす。

霧雨越し、木立を縫うように、次々と窯場が現れた。看板がなければそれと気づかない、藁ぶきの静謐《せいひつ》な佇まいのものもあれば、洒落《しゃれ》た近代的な建物もある。

窯場はそれぞれに個性的でありながら、融和し合っていた。

これまで目にした覚えのない不思議な景色に、翠は杏子の後ろの座席に移って、顔をガラス窓に寄せて見入る。

薄暗い空に色を削がれ、濃淡で表された水墨画の世界に紛れ込んだようだ。四百年近くに亘って焼きものを受け継ぎ、守り、次の世に託す、という匠たちの人生が沁みついた情景だった。

この次は必ず、杏子とここを歩こう。週間天気予報をチェックして、綿密に計画を立て、出来れば二泊くらい出来るように。

その頃、自分はどうなっているのだろう、と翠は唇を固く結ぶ。翠のもとを去ったところで、光志が有責配偶者なら離婚申し立ては難しいし、翠が離婚届にサインしなければ、形式的には二人は夫婦のままだ。来年、すっぱり別れて独り身に戻っているのか。それとも……。

どちらとも予測がつかないまま、翠は前の席の杏子に視線を向ける。つむじの辺りに白髪が固まって生えていた。

迷いの源は、光志そのものではないのかも知れない。女として愛され、求められたことへの未練、もう二度と、人生で誰かに求められることがない、という恐れなのかも知れない。

友の白髪に目を留めて、翠は物思いに耽り続けた。

代行バスに乗り換えるため、大行司《だいぎょうじ》の停留所で降りたものの、乗り継ぎまでかなり時間があった。

「どうしようか」

「私、もう動きたくないよぅ」

バス停のベンチに、マグカップ二つ分重くなった鞄を置いて、杏子はその隣りにどすん、と座り込む。

すぐ傍に食堂や美容室があり、それまでの景色とは違って、日々の暮らしが営まれている光景が広がる。かんかん、と威勢の良い槌音が聞こえていた。

杏子と並んで座り、地図を広げて場所を確かめる。日田彦山線の大行司駅がすぐ傍にあった。夜明駅の四つ手前の駅だ。

「杏子、ちょっと駅の様子を見てくるから、ここで待ってて」

ほーい、という呑気な杏子の返事を背に、翠は細い道を駆け上がった。幸い、雨は止み、傘は必要なかった。

道は裏山に突き当たり、線路は見当たらない。斜面に延々と階段が続いていることから、線路もホームも、かなり上の方にあったことが窺える。

手前に「大行司駅舎新築工事」という看板を見つけて、翠は息を呑んだ。

豪雨被害で倒壊したはずの駅舎は、今、まさに再建されつつある。残念ながらシートで覆われていて作業の様子は見えないが、槌音に励まされて、翠は杏子のもとへと戻った。

ところが、バス停に荷物は在れど、杏子の姿はない。何処へ、と思った時、通りを隔てた向こうから声が掛かった。

「翠ぃ、こっち、こっち」

せっかくだから、お参りしていこうよ、と神社の前で杏子が手を振っている。

通りに面している古びた鳥居を潜ると、巨大なご神木の楠《くすのき》が迎えてくれた。さほど広い敷地ではないが、野分《のわき》のあとの落葉が雨を吸い、しっとりと柔らかな匂いを放つ。弱々しい陽射しが生まれて、その空間を清浄に照らす。

他に人影はなく、キビタキだろうか、「ぴーり、ぴっぴりり、ぴっぴりり」と高く澄んだ鳴き声がするばかりだった。

「夜明駅の記事のことなんだけどね」

祠《ほこら》に手を合わせたあと、空を仰いで、翠は鳥の姿を探しながら語る。

「気になって古い時刻表を調べたんだけど、小倉駅からの始発は遅いから、夜明駅で夜明けを迎えることは出来ないはずなんだよね。無理心中を決意したおじいさんは、どんな景色を見て思い留まったんだろう。色々考えて、でも、わからなかった」

「おじいさんの方も、少し認知症が入っていたのかも知れないよ。だとしたら、夜明駅で夜が明ける幻を見たのかも知れない」

淡々と応えて、友は視線を足もとに落とす。

「二十年近く前だと、介護保険制度が導入されたか、されてないか、ってギリギリの時だもん。そりゃあ、おじいさんはしんどかったと思う。ケアマネージャーが何をするひとか、よくわからなかっただろうし。ショートステイもデイサービスもないか、あったとしても、今ほど充実してなかったんじゃないかな」

だけどねぇ、と杏子は身を屈め、落ちていた楠の枝を拾い上げる。小さな実がついていた。

「やっぱりさ、齢を重ねれば重ねるほど、簡単に命を絶つことは出来ないんじゃないのかな。近所のお年寄りを見てて思うのだけど、戦争を経験した人は、特にそう。ましてや、連れ合いを手に掛けることなんて無理だよ。ぎりぎりのところで思い留まるきっかけを、おじいさんは待っていたんじゃないのかなぁ」

鳥の声は止み、楠の葉が風に鳴って、杏子の話の続きを促している。杏子は、すうっと息を深く吸い、静かに吐き出した。

「意図して殺すのは論外だけど、何かの拍子に感情が爆発して、万が一にも手に掛けてしまったら、と思うことの方が苦しい。親を介護してる時、私はそれが一番、恐かった。心底、恐かったんだよね」

友の告白に、翠は内心たじろいだものの、ぐっと封じて静かに聞き入った。

でもねぇ、と柔らかに枝を振りながら、杏子は話を続ける。

「振り返ってみれば、折々に、何処かで救いが用意されてた。ラジオから流れるパーソナリティの声だったり、翠からの電話だったり、定期購読の雑誌を届けてくれる本屋さんだったり……。他人から見れば他愛のないことでも、ぎりぎりのところで踏み留まっている者には、大きな救いになる。おじいさんにとって、夜明駅がそうだったんじゃないのかなぁ」

私が勝手にそう思いたいだけかも知れないけど、と杏子は枝をそっと地面に戻した。

「ねぇ、翠」

杏子は腰を伸ばすと、友の名前を呼び、正面からその双眸を見つめる。

「翠を夜明駅に駆り立てるものは何？　何をそんなに悩んでるの？　そろそろ話してくれても良いんじゃないの」

「……」

暫く黙って杏子の眼差しを受け止めたあと、翠は意を決して唇を解いた。


バリ、バリバリ。

バリバリ、バリバリ。

先刻から猛烈な勢いで、杏子が煎餅を噛み砕いている。

ほぼ定刻に現れた代行バスは、翠と杏子の二人を乗せて、宝珠山《ほうしゆやま》を過ぎ、南へ南へとひた走る。他に乗客もおらず、咎めるひともないのだが、怒りの権化のような咀嚼音が車内に響き渡っていた。

「言いたかないけど、何なの、そいつ」

高木《たかぎ》神社で打ち明け話を聞いた時には、あまりにも憤怒が過ぎて押し黙っていた杏子だが、バスに乗車した途端、鞄から煎餅を取りだして、ああして食べ始めたのだ。

「ああ、もう、頭に来る」

「止めなさいよ、杏子、あんた食べ過ぎ。それに歯が悪くなるから」

そう言いながらも、友が自分のために激怒してくれているという事実に、翠は喩えようもなく慰められていた。

「翠から紹介された時、見た目も中身ものっぺりしてて、一反木綿《いったんもめん》みたいな男だな、と思ってたのよ。あ、これ、一応誉め言葉だから。一反木綿、嫌いなひと居ないだろうし」

古いアニメーションに出てくる妖怪の名を上げて、杏子は腹立たしそうに言い募る。

「よもや、そんな太々しい恥知らずだったとは……。女房の稼ぎをあてにしないで、手前で稼いで手前の甲斐性《かいしょう》で進学しなさいよ。散々貢がせておいて、挙句、女だぁ？　そんな野郎、控えめに言っても屑、優しく言っても屑、正真正銘の屑だわよ」

「ほんと、どうしようもなく身勝手な男よ」

でも、と充血した目を車窓に向けて、翠は続ける。

「それでも、十年近く一緒にいて、それなりに幸せだった」

暮らしの中で「好ましい」と思うものが似ていた。好きな料理、インテリア、身に着けるもの、映画や音楽、そうした好ましいものに囲まれて、一緒に過ごせることが幸せだった。

『好き』を共有できるほど、幸せなことはないし、この先の人生で、あんなに一途に思われることなんて、もうないと思う」

「何それ。安っぽい昼ドラみたい」

煎餅の欠片《かけら》を飛ばしながら、杏子は憎々しげに吐き捨てた。

「私が翠なら、そんな屑、躊躇《ためら》いもなく捨てるけど。何なら月曜と木曜の『燃やすゴミ』の日に、ゴミステーションに投げ捨ててやる」

「あんたに何がわかるのよ」

売り言葉に買い言葉で、翠もつい、カッとなって言い返す。

「男と深く付き合ったこともないクセに。駅弁の容器も捨てられないで、後生大事に持ち歩いてるクセに」

「何よぅ」

杏子は膝の鞄をぎゅっと抱いて、翠のことをキッと睨んだ。

「この壺型の容器は、塩入れにも漬物入れにもなるんだから。絶対、役に立つんだから」

「えっ、言い返すとこ、そこ？」

杏子を傷つける物言いだ、という自覚が翠にはあった。だからこそ、杏子の切り返しに、身体中の力が抜けた。ふっ、と柔らかな感情が湧き上がって、くっくっ、と笑いだした。

咄嗟《とっさ》に口を押さえたが、笑いは増幅されて止まらない。

杏子は、と見れば、やはり肩を震わせて笑っている。翠は杏子の肩をぱん、と叩いた。杏子が翠の肩をぱん、と叩き返す。ばん、ばん、と互いに叩く力が強くなり、辛抱できずに揃って呵々《かか》大笑した。

窓の外、雲は少しずつ薄らいで、溜め込んでいた光を少しずつ零し始めている。停車場所に親子連れを認めて、代行バスはゆっくりと止まった。

貸し切りではなくなったため、二人はぐっと笑いを押し殺す。笑いが平らかに収まった時、あのさぁ、と杏子がぼそりと呟いた。

「お互いの好みが一致して楽しいの、って始めのうちだけのような気がするんだよね、友達同士でも、恋人同士でも」

友の言わんとすることが理解できずに、翠は杏子の横顔に目を向けた。杏子は友の視線を受け止めて、言葉を選びつつ話を続ける。

「好みって、本当に人それぞれだし、齢を重ねると、鷹揚《おうよう》になるというか鈍感になるというか、好みの違いくらい、笑って許せるようになるんじゃないのかなぁ。それよりも、『嫌なもの』が一致しない方が悲劇だと思う」

約束を守らない、とか。平然と嘘をつく、とか。お金にだらしがない、とか。二人のうち、どちらか一方が「嫌だ」と感じ、もう一方が「平気」と思うなら、これほどしんどいものはない。

「ああ……」

杏子の指摘に、翠は己の目から鱗がぽろりと落ちるのを感じた。

金銭や時間に関して、ルーズなのが嫌な翠、そういうことを煩《うるさ》く言われるのが嫌な光志。夫婦の間で隠し事や嘘を嫌う翠、正直であることを迫られるのが嫌な光志。食い違い続けた「嫌なこと」の積み重ねが、双方を疲弊させたのか。

「次は夜明、夜明駅に止まります」

絶妙なタイミングで、次の停留所名を告げるアナウンスが、車内に響いている。

橙色の寸胴の、古めかしい郵便ポスト。

駐車スペースを挟んで、急な階段がある。

コンクリート製の階段は、角が取れて丸みを帯びている。三十段ほどの階段は、しかし、なかなか手ごわい。手すりを頼りに、上へ上へと目指す。

奇跡的に雲が切れて、青空が覗き始めていた。果たしてどんな光景が現れるのか、翠も杏子も、どきどきしながら階段を上る。徐々に木造の屋根が見えてくる。

ああ、と二人の口から小さく声が洩れた。

視界が開けたところに、美しい駅舎があった。茶色とベージュ、二色で彩られた綺麗な建物。手前はトイレになっており、女性客が手を拭きながら出てきた。

敷地には風変わりなベンチや、何故か、鐘のようなものがあった。

瓦屋根の庇《ひさし》の下、木目の看板に白い文字で書かれているのは「夜明駅」。旅番組やCM撮影が似合いそうな佇まいだった。

「もっと老朽化した駅舎だと思ってた」

看板を仰ぎ見て、杏子が驚きの声を上げる。

旅に出る前、あえて夜明駅の詳細を調べなかったこともあり、翠自身もここまで洒落た駅舎を想像していなかった。

どちらからともなく、駅舎の待合室に入る。スタンプ台に旅のノート、本棚、そして、壁には「夜明の鐘」の由来が書かれていた。温かで居心地の良い待合だが、これも二人の想像にはなかったものだ。

駅舎の外観も中の様子も、ひたすらお洒落で、死出の旅路におよそ似合わない。戸惑いながら、反対側の引き戸を開けると、久大本線の上りホームがある。その奥に、下りと日田彦山線のホーム。

久大本線は、久留米方面の上りも大分《おおいた》方面の下りも次の列車まで時間があるからか、待つ人も居ない。ふたつのホームを、錆の浮いた古い跨線橋が結んでいた。

雨上がりの草木の放つ、懐かしい匂いが辺りに漂っている。足もとのセメントはすり減って黒ずみ、線路に近い場所は苔むしていた。色褪せた点字ブロックから、雑草がひょろりと顔を出す。長い歳月をかけて、大勢の人々の喜怒哀楽を呑み込んだことが窺えた。

二人は敬虔な面持ちで、久大本線のホームを歩いて、跨線橋を渡る。橋の中ほどに立つと、二つのホームと、三本の線路、それに駅舎の全貌が見えた。

雲は徐々に面積を狭めて、青色に白を少し混ぜた色合いの空が広がっていた。

周囲には山が迫り、鈍色《にびいろ》の川に赤い橋が架かる。

下の国道を車が行き交う音がふと途切れ、キリリコロロ、ピッピピッと何種類もの鳥の鳴き声が聞こえていた。

そこは、思い描いていた通りの、ひなびた慎ましいホームだった。

妻の車椅子を押して、この駅に降り立った老人の姿が目に浮かぶ。

「人生最期の駅と決めて、降り立った時、どんな気持ちだっただろうね」

翠の呟きに、そうだねぇ、と杏子が頷く。

「何も知らずにここで降りて、駅の名前が目に入ったとしたら……」

夜明けという言葉には、祈りと希望が込められている。

戦争を乗り越えて、懸命に生きてきた。せっかくの命、自ら終える前に、立ち止まりなさい。今少し、生きることを選びなさい。

駅名に宿る何かが、年老いた夫にそう囁いたのではないか。

「やっぱり、踏み留まるよね」

杏子が涙声で言った。


夜明駅の敷地にある鐘は、廃校となった夜明小学校の鐘を移したものだ。傍らに置かれた木槌で、誰でも自由に叩ける。

翠は木槌を手に取り、鐘に敬意を込めて叩いてみた。かん、かん、と思ったよりも澄んだ音が響いた。

勢いを得て、翠は鐘を連打する。

この先、互いを想いあえる相手が現れるかどうかはわからないけれど、光志はもういい。光志と一緒の人生は、もういい。

何処の誰か知らないが、持ってけ。

「持ってけ、ドロボー」

最後にそう怒鳴って、木槌を置く。翠の雄たけびに、杏子は背を反らして大笑いしたあと、自らも木槌を手にした。

「被災したひとたち、そして被災地の明日が、今日よりも、良い日になりますように」

かん、かん、かん、と優しく三つ。

「多くのひとが、被災地に心を寄せ続けますように」

かん、かん、かん、とまた三つ。

——ここを訪れる人々に、輝く「夜明け」が来ることを願い、全国どこまでも繋がっている線路を伝わって、この鐘の音が響いていくことを祈っています
駅舎の壁にあった言葉を、翠は思い返す。

そうだった、鐘を鳴らす時は祈りの気持ちを込めるべきだった。翠が自身を恥じていた時だ。杏子は何故か少し赤くなって、小さく言葉を添える。

「来月は、あのひとと一緒に来ます。この場所に立って、やっと心が決まりました」

「えっ⁉」

今度は翠が仰《の》け反《ぞ》る番だった。

「どういうこと、そんな話、全然聞いてない。てか、相手だれ、どんなひとよ。そもそも、一体いつ、何処で知り合ったの⁉」

鐘の余韻に混じって、彼方からゴー、ガタン、ガタン、と力強い音が響いてきた。赤いディーゼル車両が二番線のホーム目指して、距離を縮めている。

ミニシアター

平日の、午後一時過ぎ。

ゴールデンウィークも済んで、その車両の左右のロングシートには、老若男女、取り交ぜて六人が座っていた。

進行方向の右のシートには、生後一年半ほどの男の孫を連れた祖父、少し間を空けて、古稀を過ぎていると思しき女性。さらに間を取って、学生服姿の男子高校生。左側のロングシートには、眉を描き忘れた若い娘と、分厚い学術書を読んでいる三十代の女性が、ほどよく離れて着座していた。

窓の外は近年の「五月晴れ」という言葉がぴたりと当てはまる上天気、明るい陽光が南側のガラス窓から車内一杯に射し込んでいる。

「本日もＪＲをご利用くださいまして、ありがとうございます」

心なしか、眠そうな声のアナウンスが流れ始めた。

「切符をお持ちでないお客様は、のちほど車掌がお近くを通りました際——」

のどかなアナウンスに反して、先刻から車内の雰囲気は微妙に悪い。

六人のうち、年端もいかない男児と、最も高齢と思しき老女を除き、四人は次々と、車両に起きた「あること」に気づいたのだ。


『クサい！』


まず最初に、若い娘が思った。

派遣社員で、宴会などのコンパニオンを務める彼女は、折しもその日、実家に服を取りに帰るところだった。

昨年、父親が亡くなり、実家には母がひとりで暮らしている。「派遣だなんて不安定な仕事は止めて、正社員になりなさい」だの、「若い頃なんて、アッと言う間に過ぎちゃうんだから、将来のことをきちんと考えなさい」だの、何かと口煩《うるさ》い母親に辟易《へきえき》としつつも、なるべく顔を見せるようにしていた。

普段は職業柄、メイクも濃い目に施し、ブランドの服をそつなく着こなしている。しかし、今日は行き先が実家なので、眉毛を描き忘れた上、ノーアイロンのブラウスに革のミニスカートと、かなり気の抜けた装いだった。ただし、バッグと靴だけは見栄を張るのを忘れていない。

最近買ったブランドのバッグを撫で、さり気なく足を組んでお気に入りのピンヒールの靴を眺めていた時、彼女の鼻は不意打ちを受けたのである。

クサい、確かにクサい。

もともと、嗅覚には自信があった。宴席で、お客のつけているコロンや整髪料を嗅ぎ分けることが出来る。服についた料理の匂いで、何を食べてきたのかもわかる。自慢の嗅覚が、いきなり悪臭のパンチに襲われたのだから堪らない。

臭いのもとは向かい側のシートか、それとも隣りの地味な女だろうか。娘は迷惑そうに眉毛のない眉根をぎゅっと寄せた。

『……クサイ』

次に気づいたのは、量子力学の専門書を熱心に読んでいた三十代の女性だった。地味なスーツ姿、肩までの髪は後ろに撫でつけられ、額と両耳を出して両サイドをヘアピンで留めている。化粧はしておらず、太い眉と、やや吊り気味の眼に、気の強さが滲んでいた。

彼女は大学で助手を務めている。学会が近いこともあり、時を惜しんで、さまざまな文献に目を通さねばならない。電車の移動時間は、とても貴重だった。

本の栞《しおり》代わりに使っているのは、従兄から届いた結婚披露宴の招待状である。出席の返事は出しておいたのだが、このところ、学術研究以外の物忘れが甚だしい。日にちや場所を忘れないためにも、招待状を本に挟んで常に目に入るようにしていた。

分厚い高級紙に印刷された二つ折りの招待状は、裏面がともに白く、ちょっとした書き込みが出来る。これが意外に便利で、読書中、確認を取りたい事柄や、疑問点などをメモしておける。

代用栞を片手に書物に集中するうち、ふと、何かが臭うような気がした。分厚い本を開いたまま、すんすん、と鼻を鳴らす。

やはり、嫌な臭いが鼻腔を突く。気になって、顔を上げ、周囲を見回してみた。向かいのロングシートに並んでいるのは、七十過ぎの老女を真ん中にして、祖父と孫の二人連れ、それに頭の悪そうな男子高校生だった。臭いは段々と強くなって、彼女の鼻に襲いかかる。

『臭い』

三番目に鼻をひくひくさせたのは、孫を連れた老人だった。

可愛い盛りの坊やは、大人しく祖父の膝に乗って、親指をチュパチュパと吸っている。

一歳半、こちらの話は理解できるし、単語ながら言葉も話す。コミュニケーションが取れるようになってからは、なおさら愛しくてならない。「じぃじ」と呼ばれでもしたら、昇天しそうなほど嬉しい。目の中に入れても痛くない、というのは至言だと、心から思う。

娘夫婦が雑誌の懸賞に当たって、台湾旅行に出かけたため、昨日から孫を預かっていた。初孫のお泊りに、妻は張り切り過ぎて今朝になってダウン。ゆっくり休ませるために、孫を連れて、夕方まで遊びに出かける予定だ。

娘から託された「マザーズバッグ」なるものには、子連れの外出に役立つ秘密兵器が詰め込んである。今は瓶入りの離乳食もあるし、祖父一人でも何とかお守りが出来るのだ。つくづく、良い時代になった。

自分はまだ六十五歳、体力もあるし、フットワークも軽い。孫が成長した時に、その記憶の片鱗でも残っているような楽しい一日にしたい。ああ、何て幸せなことだろう。そう思いつつ、孫の柔らかな髪にそっと鼻を埋めて匂いを嗅いでいたところへ、全く異質の悪臭が漂ってきた。しかも、すぐ傍から。

『うっ』

隣りは、と見れば、黒い服の老女が鞄を抱えて俯き加減に座っている。老女の奥には、男子高校生がだらしなく足を投げ出していた。

『クッサ〜〜〜‼』

最後に顔をくしゃくしゃにしたのは、一番端に座っている男子高校生だった。

高校三年の彼は、受験を控えた身ながら、午後の授業をサボって遊びに行くところだった。教室で窓の外を眺めていると、あまりにも天気が良くて、退屈な授業を受け続けるのがバカバカしくなったのだ。

付き合っていた同級生の女の子に、ふられたばかりだった。相手は受験を理由にしていたが、もちろん、そうではない。予備校で知り合った他校生と、良い感じになっている、と少し前から噂になっていた。

もやもやする中、彼女から「映画、楽しかったね。受験が終わったら、ディズニーシーに連れてって」というメールを受け取った。

いや、俺、映画になんか行ってねぇし。

明らかにあて先を間違えたメールだった。問い質すと、派手に泣かれて「一緒にいると勉強が手に付かないから」という理由で、一方的に別れを告げられた。向こうから告白しておいて、それはないだろう、とムカムカする。第一、何が「勉強が手に付かない」だよ。それ、俺のせいか？　俺が悪いってか。

そもそも、俺はあんなブス、ほんとは好みじゃなかったんだ。新しい男とももど地獄に落ちてしまえ、と校庭で叫びたかったが、そんな勇気も根性もなかった。どうにも胸糞が悪い、と思っていたところへ、気分が悪くなるほどの臭さに見舞われたのだ。たまらん、とばかりに高校生は鼻を摘まんだ。

湯気を立てる駅弁。にんにくたっぷりの料理を食べたあと。漬物や発酵食品。加齢臭。靴下の臭い、等々。

乗客が車内に持ち込んで嫌われる匂いは数々あれど、そのどれでもなかった。だが、明らかに心当たりのある異臭が、その車両には漂っていた。

『……この臭いは』

と、コンパニオンは剃りおとして青々とした眉尻を上げる。

その隣りで、助手が、

『この臭い……』

と、専門書で鼻と口を覆い隠した。

向かいのロングシートでは、孫を抱いた祖父が、

『これは、この臭いは……』

と、僅かに青くなる。

座席の端で、先刻から鼻を摘まんでいた男子高生は、

『間違いない、ウンチの臭いだっ！』

と、心のうちで断言した。

四人の衝撃をよそに、カタタン、カタタン、と電車はリズミカルに走り続ける。

窓からの初夏の陽射しが車内を暖めて、さらに悪臭を際立たせていた。

この乗客の中で、臭いのもとを発生しうるのは誰か——コンパニオンも助手も男子高生も、そして祖父も、思うことはひとつだった。

「じぃじ」

絶妙のタイミングで、孫はお尻をもぞもぞさせながら、祖父を呼ぶ。

サファリハットのつばに手をかけてぐっと下げると、祖父は皆の目から孫を隠すように、薄手のジャケットの前を広げて胸に抱いた。

『きっと、あの子のおムツだわ』

そうに決まっている、と助手はハードカバーから目だけを覗かせて、心の中で思いきり悪態をつく。

『外出する時くらい、布じゃなくて紙のにすれば良いのに。今時は脱臭効果抜群のおムツだって、出回ってるでしょうが』

助手の隣りで、同じく頭に来ていたコンパニオンは、

『年を取ると色々と鈍感になるっていうけど、この臭いはキツい、キツ過ぎるわ。何なの、この罰ゲーム』

と、聞こえよがしに舌打ちをした。

臭いを嗅がないように、と息を詰めていた男子高校生は限界に差し掛かって、両の手で口を押さえている。

その時だった。

カタタン、カタタン、という音に混じって、にー、にー、と正体はわからないが、何かが聞こえた。コンパニオン、助手、男子高校生、祖父の四人は「ん？」と思って耳を欹《そばだ》てる。

にー、にー。ふにー、にー。

か細い鳴き声に混じって、かりかりかり、と何かを引っ掻く音がしていた。不審に思った四人は視線を巡らせる。

咄嗟に、黒い服の老女が前屈みになって鞄を抱え込む。その不自然な行動に、四人は半ば腰を浮かせて老女に注目した。

ふにー、ふにー、かりかり、かりかり。

『‼』

四人の脳裡に、特大のエクスクラメーションマークが浮かぶ。

老女の抱える古い革の鞄が、音の発信源に違いなかった。注視するうち、鞄の口から柔らかな毛に包まれたものが、にゅっと差し出された。小さな細い爪を認めて、四人は一斉に心の中で叫ぶ。

『ネコ⁉　ネコなのかっ⁉』

他の乗客に気づかれたことを察して、老女は視線を泳がせ、ネコの手をバッグに押し戻した。

開いたページを口に押し当てて、助手は必死で怒りを堪えている。彼女は自他ともに認める潔癖症だった。常に除菌シートと手指の消毒用アルコールを持ち歩くほどだ。

『ちょっと、勘弁してよ。動物と一緒の車両だなんて、不衛生だわ。しかも、ケージじゃなくて鞄よ、鞄』

怒りのあまり、本を持つ手がプルプルと震えている。

子どもの粗相ではないことがわかったものの、コンパニオンと男子高校生は『ある意味、もっと悲惨だろう』と不快感を隠さない。コンパニオンはアレルギー体質、男子高校生はアトピー体質だった。

だが、ここに一人、大はしゃぎしている人物が居た。

「にゃあにゃ、じいじ、にゃあにゃ」

知らぬ間に濡れ衣を着せられ、知らぬ間に誤解を解かれた坊やは、老女の鞄を指さして、手足をバタバタさせて喜んでいる。

慌てた祖父は、孫を抱え上げて老女とは反対側へと移し、気まずそうに「ごほん」と空咳をした。

老女はひたすらに身を縮め続けている。

「フェークションッ‼」

唐突に、コンパニオンがくしゃみをした。

「ハークション、ブェーックション」

立て続けに三つ。開いたハンカチで鼻と口を押さえるも、くしゃみは一向に止まりそうもなかった。

『やだ、風邪かしら』

助手はあからさまに嫌な顔をして、コンパニオンから距離を取るべく、腰を浮かせて位置をずらす。

『大事な学会を控えてるのに……。こんな狭い車内で、あんな派手にクシャミをされたら、飛沫感染しちゃうじゃないの。ほんとにもう、どいつもこいつも常識がないったら』

各駅停車にすれば良かった、と助手は自身を呪い始めた。

ますます小さくなる老女の右隣りで、先刻から男子高校生は、ぽりぽりと首やら頬やらを掻いている。

「う〜、痒い、痒くてたまんない」

ぽつぽつ、と湿疹が出て、掻くことでますます肌は赤くなっていた。

各々の怒りや戸惑いを乗せて、準急列車はカタターン、カタターン、と軽やかに走る。

ふいに、隣りの車両との境の扉が開いて、一組のカップルが、腕を絡ませ合って入ってきた。

男の方はピンクの長袖Tシャツに伊達眼鏡、鎖状のネックレスを下げている。女は蝉の羽にも似た、淡い緑色の透けたワンピース。前開きのサンダルから、紫のペディキュアを施した爪が覗いている。

「うっ、くせぇ！」

男が立ち止まり、片手を広げて顔の前に翳《かざ》した。連れの女は親指と人差し指とで低い鼻を思いきり摘まみ、かん高い声で叫ぶ。

「何、このニオイ〜〜、やだ〜〜、戻ろうよぉ」

カップルは競うように、バタバタと足音高く隣りの車両に戻った。

それを機に、コンパニオンは憤怒の形相で立ち上がり、カッカッとピンヒールを鳴らして老女のもとへと向かう。

「バーさん！　いい加減にしなよ！　それ、ネコだろ⁉　あたしはネコアレル」

言いきらないうちに、ハーックション、と再びくしゃみの発作が彼女を襲う。

否、くしゃみだけではない、

「眼が、眼がかゆい〜〜〜〜っ‼」

と、コンパニオンは悲鳴を上げて、両の眼をごしごしと擦り始めた。

コンパニオンに加勢すべく、助手もまた勢いよく席を立った。

「失礼ですが、動物をケージにも入れないで持ち込むのは、迷惑行為にあたりますよ」

冷静を心がけて、助手は老女に伝える。

すみません、堪忍してください、と老女は幾度も頭を下げて詫び続けた。

ネコアレルギーのコンパニオンのくしゃみは止まらず、空気を読まない幼児は、きゃっきゃっ、と手を叩いて大喜びする。

「俺も」

シャツの前ボタンを外して、男子高校生が音高くバリバリと身体を掻き続けている。

「アトピーだから、ネコにつくノミとかもダメなんだ。ったく、何でこんな目に遭わなきゃなんねぇんだよ」

乗客のクレームから老女を守るかのように、古びた鞄から「ニャー」と生物が顔を出した。

濃淡のグレーに鼻の周囲は黒、顔の面積の割に耳が異様に大きく、丸い眼はガラス玉に似て透き通っている。紛れもない、生後一か月前後のネコだった。

老女は慌ててその頭を押さえて鞄に戻すものの、もう隠しようもない。あとは、ひたすら「すみません、すみません」と繰り返すばかりだ。

我が孫を疑ってしまった祖父は、辛抱ならない、という体で立ち上がった。

「済まんが、あんた、次の駅で降りてくださらんか」

「あら、これ準急だから、あとは終点まで止まりませんよ」

怒りを封じて、助手は言った。

老女は鞄を膝に置いたまま、すみません、後生ですから、とか細い声を上げる。

「この通りです、堪忍してください」

両の手を合わせた老女の身体は、小刻みに震えていた。

怯えて詫び続ける老女の姿に、コンパニオンも助手も祖父も高校生も、どうにも居心地の悪さを覚える。

これではまるで弱い者苛めのようではないか。

四人が怯んだ正にその時、鞄から「ニャー」とネコが再び顔を覗かせた。濃淡のグレーの毛並みは、よくよく見れば汚れだとわかる。老女が外出先で気紛れに拾った野良ネコだろう、と察しがついた。

我慢ならなくなったコンパニオンは、アレルギー反応で真っ赤になった眼を擦

りながら、

「あたし、車掌を呼んでくる！」

と、憤然と出て行こうとした。老女はおろおろと立ち上がり、娘の革のスカートをむんずと掴んだ。

「何すんのさ」

邪険に払い除けようとするコンパニオンに、老女は縋る。

「主人の納骨に行ったんです」

納骨というインパクトのある単語に、コンパニオンはふっと動きを止めた。ほかの三人も改めて老女を見る。漆黒の古臭い型のスーツは、何処から見ても喪服に違いなかった。

「亡くなって丁度、四十九日、少し離れた菩提寺へ納骨に行ったんです。ほかに身寄りもないので、私、私ひとりで……」

互いに郷里は遠すぎたため、三年ほど前、夫婦で入る墓地を購入していた。建立したばかりの真新しい墓石を前に、僧侶が懇篤《こんとく》に経文を読む。老女は後ろに控えて、合掌していた。

目を閉じ、頭を垂れて読経に耳を傾けていると、在りし日の夫のことが思い起こされる。

五つ違いの夫とは、上司の口利きで見合いをし、所帯を持った。以後、穏やかに暮らした。子宝には恵まれなかったが、互いを慈しみ合った。金婚式まであと少し、という時に心臓の病に倒れた夫は、ひとり遺される妻の身を、今わの際まで案じ続けていた。

――僅かな預貯金、この狭い土地と家。それしか残してやれない。それでも、全て手放せば、お前ひとりくらいホームに入れるだろう。私の分まで長生きしておくれ

病床で、そんな台詞を繰り返していた。

猫の額ほどの狭い庭には、植木市で求めた蠟梅《ろうばい》に沈丁花《ちんちょうげ》、金木犀《きんもくせい》、梔子《くちなし》、木香薔薇《もっこうばら》が植わっている。定年後、夫はそれら庭木の手入れに余念がなく、その愛情に応えるように、樹々はぐんぐん大きくなり、季節になれば花を咲かせ、芳しい香りを漂わせてくれた。

ベランダに腰を下ろし、樹々を眺めながら、妻の淹れた熱い紅茶を幸せそうに飲んでいた姿を、どうして忘れられようか。どうして、夫の愛した家と庭を手放

すことなど出来ようか。忌明けまでよくよく考えて、家を、そして庭を、守って生きることに決めたのだった。

納骨は悲しみにひとつの区切りをつける、と聞くが、夫のあの台詞を思い返す度、涙が溢れて乾くことはない。

「何かいると思ったら」

読経を終えた僧侶が、ご覧なさい、と墓石の後ろを指さした。

雑草の茂みががさがさと動いている。薄汚れた毛玉に見えた。

目を凝らせば、毛玉に大きな耳と円《つぶ》らな瞳がある。薄汚れた毛並みの生き物は、細い足を踏ん張って、にー、にー、と鳴いた。

「まぁ、ネコ」

おいで、おいで、と老女は小さな生き物を呼んだ。

子ネコは鳴き声を上げ続け、それでも老女の方へ、心許ない足取りで近寄った。

「墓石の後ろで震えているこの子を見た時、亡くなった夫が私のために寄越してくれたような気がして……」

有料老人ホームに入らず、自宅を守り続けようと決めた。そんな妻の意思を許し、認めてくれた夫からの贈り物のように思われてならなかった。後先を考えずに、こうして鞄に隠して連れて帰ろうと思ったのだ。

独り語りを終えると、老女はよろよろと席を立ち、もう一度、「堪忍してください」と頭を下げた。

老女の話を聞き終えて、助手と祖父、それに男子高校生はしんみりと互いを見合った。中でも、身につまされたのは助手と祖父である。

助手は、抱えていた専門書に目を落とした。間に挟まれているのは、披露宴の招待状だ。

新郎の従兄は歳も近く、親戚の中で一番、気が合った。親同士が「四十過ぎて二人とも独身なら、いっそ結婚させるか」と冗談で話していたのも知っている。その従兄が一回り年下の女性と結婚する、と知った時の衝撃は忘れられない。そうした展開になって初めて、「一人きりで迎える老後」が現実味を帯びてきた。

「ちょっと、言い過ぎじゃないのかしら」

それまでの自分を棚に上げて、助手はコンパニオンから視線を外したまま、ぼそりと言った。

助手の心変わりに、祖父は「うむ」と鷹揚に頷いてみせる。

彼自身、還暦を過ぎた辺りから、知人の葬儀に出る機会が増えた。自分たちの世代は、家事のことなど妻に頼りきりだったため、伴侶を喪った夫は哀れだ。妻の方が遺された場合、難儀は少なかろう。ただし、配偶者に先立たれた悲しみに、夫も妻もない。彼には、老女の悲嘆が他人事ではなくなっていた。

こほん、と空咳をしたあと、祖父はコンパニオンに咎める眼差しを投げる。

「近頃の若い者は、実に思いやりに欠ける」

「ちょ、ちょっと、ジーさん、あんたが言う？　あんたがそれ言う？」

形勢不利を察したコンパニオンは、涙を溜めて項垂《うなだ》れている老女へと向き直る。

「べ、別に、あたしはあんたを苛めてるわけじゃないわよ」

言いながら、コンパニオンは、父亡き後、一人で家を守っている母を思った。母の方がずっと若いが、いずれ、目の前の老女のように高齢になるのは確かだ。いや、違う、ここで仏心を出してなるものか、とコンパニオンは自らを鼓舞して続ける。

「あたしには、年寄りをいびる趣味なんてないからね。ただ、あた――」

ふと、口を噤み、コンパニオンは視線を連結部分の扉へと転じた。その奥に何か気配を感じたからだった。

並んで立っていた祖父と助手も、つられてそちらに目を向けて、あっ、と声を洩らした。

先ほどの、見るからに軽薄そうなカップルが、制服姿の車掌らしき強面の男と話している。女の方が鼻を摘まんだまま、こちら側を指さしていた。

不味い、と全員が思った。

このままでは車掌に、老女が厳しく咎められてしまう。

何とかせねば。

この臭いとネコを、何とかせねば。

真っ先に動いたのは、助手だった。

本を座席に置き、前のめりになって窓の両側のつまみに指をかけ、勢いよく持ち上げる。さーっと風が車両に入った。

祖父も負けてはいない。

上着を脱いで、座席に置かれた老女の鞄にバサッとかけた。シートにちょこんと座らされていた孫は、きゃっきゃ、とシートの上で身体を弾ませて上機嫌だ。

コンパニオンで、バッグの底を探って、小さなアトマイザーを取りだした。中身は、プワゾンというお気に入りの香水だ。「毒」という名に相応しい濃厚でセクシーな香りを、彼女は躊躇いなく自身にシュッシュッとスプレーし続ける。

高級香水にしたら、堪ったものではない。ワンプッシュで甘く華やかな雰囲気を演出するはずが、まるで消臭剤扱いなのだ。窓からの風に負けることなく、香水は遺憾なく効果を発揮し、その車両をむせ返るほど濃厚な香りで満たした。

一体、目の前で何が起きているのか、と男子高校生は呆然と三人の行動を見守るばかりだ。

「失礼いたします」

連結部分の引戸を開けて、車掌は慎重に中へと足を踏み入れた。

隣りの車両のカップルからの「ウンチの臭いがする」とのクレームを受けてのことだった。彼は制帽に手をかけて、軽く一礼する。

「この車両で異臭がするとの苦情が……うっ！」

言葉途中で、車掌は図らずも絶句した。一車両まるごと、親の仇のように濃厚で悩殺的な香りに満ちている。

臭いのもとと思われる若い派手な娘は、ピンヒールをカッカッカッと床に刺す勢いで車掌へと迫り、眦《まなじり》を吊り上げた。

「何が異臭？　このあたしが臭いとでも？」

「いや、その……香水ではなくて、ですね。もっと別の……」

強面だが、実は気の弱い車掌は、もごもごと口ごもる。

どうしたものか、と若い車掌は車両内をぐるりと見回した。右側のシート、孫を膝に載せた老人が、「ああ、もしや」と声を上げる。

「もしや、孫の粗相かも知れませんなぁ」

向かい側、左のシートに座っていたインテリ風の女性が、

「布おムツは臭いますからねぇ」

と、少しばかり上ずった声で応じた。

うむ、と老人は深く頷く。

「次回から、紙のにしましょう。近頃は紙おムツも優秀なのが多いですからな」

学芸会の芝居のような、棒読みの会話だった。

どうも妙だ、と車掌は首を捻る。

刹那、「じぃじ、じぃじ」と、祖父の膝の上で、無邪気に孫が騒ぎだした。

「じぃじ、にゃあにゃ、にゃあにゃ」

老女の傍らに、不自然に丸めた上着がある。孫はそれを指さして、

「にゃあにゃ、じぃじ、にゃあにゃあにゃよぅ」

と、上機嫌で祖父に訴える。

呼び掛けに応じるように、丸めた上着の中から、にー、にー、と何かが聞こえてきた。奇異に思った車掌が、老女の脇の荷物を凝視すると、車内の乗客たちが、そわそわと浮足立った。

にー、ふにー、と確かに何か聞こえる。これは、と車掌が思った時だ。

すぐ横の制服姿の男子高校生が、狼狽えたように二つ折りの携帯電話を取りだして、プッシュボタンを押している。

「あ、俺だけど、今、暇？」

すぐに出たらしい相手と、学生は大声で話し始めた。

いくら何でも車掌である自分の目の前で携帯電話をかけるとは、と流石に車掌は「お客さん」と声を荒らげた。

「携帯電話の使用は、ほかのかたのご迷惑になりますから」

車掌の制止にも拘わらず、学生は席を立ち、「げっ、マジかよ」と大声で話しながら、後ろの方へと歩きだす。

おかしい、どうにもおかしい。

何故だろうか、ほかの乗客たちが学生の背中に「がんばれ」とエールをおくっているように、車掌には思われてならない。

「ぎゃはは、止めてくれよぉ。ディズニーシーってなんだよ。ひとの古傷、えぐんなよ。行くならＵＳＪにしようぜ」

学生はことさら大声で話を続けている。

ともかくも、あの傍若無人な通話を止めなければ、と車掌は学生のあとを追いかける。

「お客さん、お客さんって」

車掌の声を遮るように、終着駅が近いことを知らせるアナウンスが流れてきた。

駅の三番ホームに到着した電車は、ドアを開けたあと、完全に動きを止めて休息に入った。まだ残っている者に下車を促すためのアナウンスが、繰り返しなされた。

プラットホームには陽射しが溢れ、電線で区切られた青空を、燕が一羽、気持ち良さそうに飛んでいる。

「最高に気持ちいい」

　ホームに降り立った男子高校生は、大きく伸びをした。

「本当にご迷惑をおかけして」

　この通りです、と喪服姿の老女は、胸に鞄を抱えたまま、五人に深々と頭を下げる。

「何とお礼を言えばいいのか……」

「いいから、いいから」

　開いた掌を軽く振ってみせて、コンパニオンは朗らかに笑った。プワゾンの芳香は、まだ彼女をしっかりと抱き締めて放さない。

「乗り換えでしょう？　鞄、私がお持ちしましょうね。階段が危ないから」

　助手は優しく言って、老女からそっと鞄を取り上げた。

　孫を抱いた祖父は、

「道中、お気をつけて」

　と、老女に声をかける。

　祖父の腕の中で、幼い孫は、

「にゃーにゃ、ばいば」

と、もみじにも似た手を左右に振っている。

「あっ」

ホームの端の方へ目を遣って、男子高校生が警戒の声を発した。

何事か、と皆がそちらを見れば、先の車掌が何かを小脇に抱えて駆けてくる。

「先ほどの、お客さーん」

車掌の呼び声に、コンパニオン、助手、孫を抱いた祖父、それに男子高校生が、老女を後ろに庇って一斉に身構える。あたかも、姫を守る戦士の如き様相を呈していた。

息を切らせて走り寄った車掌に、一番年嵩《としかさ》の祖父が「何でしょうかな」と重々しく尋ねた。車掌は戦士たちのガードを避けて後ろへ回り、老女に「はい、これ」と、抱えていたものを差し出す。

古い、ぼろぼろの籐《とう》のバスケットだった。

「これは？」

おずおずと両手で受け取って、老女は尋ねた。

「廃棄寸前のボロだけど、これに入れて、手回り品切符を購入すれば、ペットと一緒にご乗車頂けます」

強面の車掌はそう告げて、破顔した。いかつい顔立ちが、何とも人懐こい印象に変わる。

孫を抱いたまま、空いた方の手をマザーズバッグに突っ込んで、祖父は大判のタオルハンカチを引っ張り出した。

「良ければ、これを使ってください」

開いたバスケットにはタオルハンカチが敷かれ、そこに鞄から救出されたネコが移された。汚れたネコは「にー、にー」と鳴きながら、わしわしと身体を舐め始める。

「ブァーックション‼」

顔を背けて、コンパニオンはくしゃみをし、男子高校生はばりばりと首筋を掻いている。けれど、全員が弾けそうな笑顔だった。

三番線の電車は短い休みを終えて、折り返し運転のため、新たな乗客を迎えようとしている。

約束

第一章　久仁子《くにこ》

「貸し出しは二週間です。予約のかたがお待ちですので、返却期日はお守りください」

バーコードの読み取りを終えて、司書は無表情に一冊の単行本を久仁子の前に置いた。

ハードカバーの表紙には、南国らしい海辺の写真が使われている。余分な装飾はなく、純白の砂浜、素足になり手を繋《つな》いで海へ向かう恋人たちの後ろ姿に、真紅の箔《はく》を施した横文字のタイトルが重なる。若い女性の読者層を想定していることが窺《うかが》われた。

本を受け取って、久仁子は、ありがとうございます、と司書に軽く頭を下げる。

そうして表紙を撫《な》でながら、市立図書館の自動ドアを出た。

朝から降り続いていた雨は、まだ止《や》む気配を見せない。

五月だというのに雨雲は重く頭上に垂れ込め、昼過ぎのはずが周囲は薄暗く沈んで見える。褪《あ》せた紺色の傘を広げると、久仁子は本をしまった布製の鞄《かばん》が濡れないよう深く胸に抱いた。

お気に入りの南條拓海《なんじょうたくみ》の最新刊を、二百人以上の予約待ちで半年目にしてやっと借りることが出来た。その一事だけで、心は浮き立っている。鞄に青空を詰め込んだ気分で、久仁子は京王線の駅を目指した。与えられた休憩時間は残り僅《わず》かになっていた。

久仁子の勧める蕎麦屋《そばや》は、駅の改札の外にあって、電車を利用しないひとでも気軽に立ち寄れる。椅子はなく、所謂《いわゆる》「立ち食い」の店だが、キツネ蕎麦やタヌキ蕎麦が一杯三百円という安さもあって、通勤客ばかりではなく、周辺に住む主婦や老人の姿もよく見受けられた。

「キツネ蕎麦ひとつ」

前払いの食券を受け取って注文を読み上げ、久仁子は業務用の麺を一人前、熱湯に潜《くぐ》らせる。麺が充分に温まったら水嚢《すいのう》で掬《すく》い上げて、勢いよく湯を切った。もう二十年近く、この作業を続けているため、右腕は左腕よりも筋肉がついて逞《たく》しい。

だし汁を張った丼《どんぶり》に湯切りした麺を入れ、甘く煮た油揚げと薄く切った蒲鉾《かまぼこ》、それに葱《ねぎ》を加える。湯気の立つ丼を四角い盆に載せてカウンターの一段高いところへ置くと、お待ちどうさま、と客に声をかけた。

「ありがとう」

週に二、三度通う常客の老人は、両手で慎重に盆を受け取ってカウンターに移し、割り箸立てに腕を伸ばした。備え付けの七味唐辛子は使わない。黙って旨《うま》そうに蕎麦を口にし、最後に丼を傾けて汁を飲み干すと、再び、ありがとう、と礼を言って帰っていく。律義に毎回、二度も礼を言う客は珍しかった。

「毎度ありがとうございます」

洗い場の富江《とみえ》が、老人の背中に威勢よく声をかけて送り出すと、久仁子の方を見て、にっと笑った。

こうした店では、店員と客とが親しく交わることは滅多にない。ただ、老人はもう十年以上も通う客なので富江も久仁子も一方的に親しみを覚えていたのだ。

「店でも家でも、『ありがとう』だなんて優しい言葉をかけてくれるのは、あのお爺《じい》ちゃんだけになっちゃったよ」

仕事を終えて、更衣室とは名ばかりの、厨房の裏のロッカー前で着替えながら、富江は零《こぼ》した。

春に単身赴任を終えて戻った夫と、やっと受かった大学なのに講義も受けずにアルバイトに明け暮れる息子。男二人の自分に対する無関心を富江は久仁子にひとしきり愚痴ると、くたびれたトートバッグを肩にかけた。水色地に淡い花柄の合成皮革のバッグは、数年前の母の日に息子から贈られた品で、富江はそれをずっと愛用しているのだ。

「今日は美容院で白髪染めをしてから帰ろうと思って。自分で染めると、てっぺんが斑《まだら》になっちゃうんだよ。久仁ちゃんは若いから、こんな苦労はまだ知らないだろうけどさ」

「若いだなんて、どの口が言うかなあ」

今月のうちには五十になっちゃうのに、と久仁子は苦く笑った。

「それでもまだ四十のうちなのは間違いないからね。おまけに久仁ちゃんは独身だから所帯やつれしてないし」

富江は久仁子の髪に軽く触れて、

「髪も真っ黒でふさふさ、こんなにたっぷりあるじゃないの。羨《うらや》ましいよ、まったく」

と、鼻に皺《しわ》を寄せてみせた。

ひと一人通るのがやっとの従業員通用口を前後して出ると、久仁子と富江は左右に分かれた。まだ雨は止んでおらず、それぞれに傘を広げる。じゃあ、また明日ね、と富江は手を振り、リズムを刻む足取りで商店街の方へと向かう。

白髪染めを済ませたあとも、おそらく、あんな風に軽やかに家路を急ぐのだろう。家に待つ誰かのもとへ帰る時、皆、あんな後ろ姿になる、と久仁子は少し眩《まぶ》しげに眼を細めた。

でも、と思い返して、久仁子は鞄の中をそっと覗《のぞ》く。海辺の表紙が見えた。待ちに待った本が、南條拓海の新作が、今日は読めるのだ。

大好きな作家の本が読める、それだけで今日という日が輝きだす。

久仁子は自身の単純さに可笑《おか》しくなり、でも、ふっと視界が滲《にじ》んでしまって、傘を傾けて顔を隠した。

錆《さび》の浮いた鉄の階段は、上り下りの際、油断すると騒音を立てて古びた集合住宅全体を不穏に揺さぶる。

気が急く余り、勢《せ》いよく二階を目指していた久仁子は、いけない、と独り言を洩《も》らして、足音を忍ばせた。

「ただ今」

ベニヤ板を重ねた扉を開くと、入口脇の壁に画鋲《がびょう》で留めた写真に声をかける。笹野《ささの》鉄工所の看板の下で肩を寄せ合って微笑《ほほえ》む、今は亡き両親の写真だった。不況のため、父一代で築き上げた全てを手放すことが決まった日、最後の記念に、と久仁子はレンズ付きフィルムを手に取った。レンズを向けられて、懸命に笑顔を作った両親の姿は、二十年以上が過ぎた今もなお、胸を去らない。

身を粉《こ》にして働いた父はその年に世を去り、母も翌年、父のあとを追うようにして亡くなった。写真のふたりは六十代のまま年を取らず、久仁子だけが両親の年齢に近づいていく。久仁子は今一度、ただ今、とふたりに優しく呼びかけた。

六畳一間の中央には卓袱台《ちゃぶだい》がひとつ。

脚を折り畳めるタイプの質素な円卓に、豆腐と油揚げと葱の味噌汁、鮭のムニエル、小松菜の煮浸しが並ぶ。冷凍のご飯を温める間に、久仁子は簞笥《たんす》の上に据えられた仏壇に手を合わせる。

「父さん、母さん、夕飯が遅くなってゴメンね。小松菜の煮浸し、好きだったよね。急いで作ったから、美味しく出来てると良いけど」

お供えの小鉢には、久仁子が食べるのと同じ煮浸しが装《よそ》われていた。食事の時に、精進《しょうじん》のおかずを供えるのも、常の習慣だった。

テレビをつけて、ニュースを見ながら、ひとり、食事をとる。

「何度も首を括《くく》ろうと思ったよ。今だってそうさ。この工場の敷地も建物も、何重にも抵当に入ってる。家族に遺《のこ》してやれるものなんて、ひとつもない」

零細企業のオーナー社長が苦しげにインタビューに応えるのを耳にして、久仁子は咄嗟《とっさ》にリモコンに手を伸ばして電源を切った。

鉄の匂いが記憶の底から蘇《よみがえ》る。鉄と汗の匂いは、亡父の香りだった。

久仁子は小さく息を吐くと、止まっていた箸を動かして、もそもそと食事を続けた。

こおんなぁ、女にぃ、誰がぁしぃたあ
今夜も階下の一室から、しゃがれた歌声がしている。浴室で歌っているのだろう、さほど大きくはないが、よく響いていた。

久仁子の暮らす集合住宅には、各戸に風呂とトイレが付いている。トイレは和式だし、風呂の浴槽は四角くて小さいが、共同トイレや銭湯通いの面倒がないのが有り難かった。

　駅から遠く、建物自体も相当に古いため、家賃はさほど高くない。それゆえ住民の移動は少なく、高齢化が進んでいる。ただ、近所付き合い、と呼べるほどの交流はなかった。

　浴槽に半分ほど張った湯に身体《からだ》を沈めて、久仁子は階下の歌声に耳を傾ける。「星の流れに身を占って」という歌い出しで始まる曲は、懐メロ特集で聞き覚えがあった。階下の歌声はかなり音程を外していて別の歌のようだが、哀切に満ちて胸に迫るものがある。

「もっと楽しい歌にすれば良いのに」

　久仁子はぼそりと呟《つぶや》いて、湯から上がり、シャンプーを手に取った。

　美容院代を惜しんで髪を伸ばすようになって、ずっとセミロングを通している。富江は褒めてくれたが、年相応に毛髪そのものは細くなった。

　こしも張りもない髪にシャンプーを載せて泡立てて地肌を洗う時、久仁子の肩は、小刻みに震え始める。

　工場を畳んでこの住まいに移った途端、父も母も長風呂になった。ゆっくりと湯船に浸《つ》かることで疲れが取れる――ふたりともそう言っていたけれど、実は狭い部屋の中で家族に隠れて泣ける場所が風呂場しかなかったのだ。

暮らし始めて間もなく父は倒れ、母も逝《い》ってしまったため、三人で暮らした期間よりも遥かに長い歳月を、久仁子は同じ部屋で、独り、過ごしている。それでもなお、髪を洗っていると、当時の両親の悲しみが蘇って、胸が苦しくなる。同時に、遠い日の幸せな情景が脳裡《のうり》に浮かんで抗《あらが》い難い孤独に襲われ、涙が溢《あふ》れて止まらなくなるのだ。

笹野鉄工所に勤めていた工員と穏やかな恋をして、順当にいけばそのひとと家庭を持つはずだった。しかし、将来の見通しのなさから彼は工場を去り、以後、連絡は完全に途絶えた。思えば、その恋が最後になった。

お前は、真実、独りきりだ。

独りきりで残る人生を生きていかねばならない、覚悟しておけ、と耳もとで己の分身が囁《ささや》く。

身体中の骨がぎしぎしと音を立てて軋《きし》むほどの孤独が久仁子を苛《さいな》んだ。

泣くだけ泣いて、ざばんと湯を被《かぶ》れば、シャンプーの泡とともに涙も排水溝に流れてしまう。そんな夜を重ねて、これまで独りで生きてきた。大丈夫、と自らに言い聞かせて、久仁子は絞ったタオルで身体の水気を拭《ぬぐ》った。
「大丈夫」
久仁子は声に出して言う。
私は大丈夫。それに今夜は特別だもの。
集中して読みたいので、まだ鞄の中に入ったままのハードカバーを思い出して、
久仁子は唇を綻《ほころ》ばせた。
南條拓海の新刊が待っていてくれる。早くパジャマに着替えて、本を開こう。
彼の描く世界へどっぷりと浸りに行こう。
久仁子は乾いたタオルで濡れた髪を覆った。

あれは新聞配達のミニバイクか、静寂を破って、ブロロロ、というエンジン音が耳に届く。カーテンの向こうが仄明《ほのあか》るくなり始めたのを知ってはいたが、ページを捲《めく》る手が止まることはなかった。

――手を繋いで、ふたりはゆっくりと砂浜を歩き始める。若い恋人たちの決心を知る海は、祝福に代えて優しい波音を贈った。

最後の一行を心ゆくまで味わって、久仁子は惜しむ手つきで本を閉じる。

「ああ、また泣かされちゃったわ」

眼鏡《めがね》を外して涙を拭うと、久仁子はのろのろと布団から身を起こした。

やっぱり南條拓海は良い。読めば「今日も一日、がんばろう」と思えるもの。若い男女の恋物語、と言ってしまえば身も蓋もないが、相手を想う純粋な気持ちはとても美しく、紆余曲折を経た恋の成就の瞬間は読み手の心を充分に満たしてくれる。久仁子は若い登場人物に自身を重ね、現実には叶《かな》わなかった愛の結実に大いに慰められるのだ。

ありがとう、と胸の内で呟いて、久仁子は本を畳から卓上へと移した。予約待ちのひとのために早く戻した方が良いのだが、せめて三日ほどは手もとに置いて再読しよう。そう決めて、久仁子は身支度《みじたく》に取りかかった。

一睡もせずに仕事に出る辛《つら》さは、しかし、読後の充足が忘れさせてくれる。久仁子は家を出る前に再度、本の表紙をそっと撫《な》でた。


「あ、お客さん」

最後の客がカウンターを離れた時、空《から》の器の横に畳んだ新聞が置かれているのに気付いて、久仁子は慌てて客の背中に声をかける。

「新聞、お忘れじゃないですか？」

中年のサラリーマンらしき男は振り向きもせずに、要《い》らない要らない、とでもいう風に片手を軽く振ったまま、自動ドアを出て行った。

「自分で表のゴミ箱に捨てりゃあ良いのに。こっちの手間を取らさないでさ」

食器を洗っていた富江が、小さく毒づいた。

久々の遅番勤務で、富江も久仁子もくたくたに疲れていた。

「ふたりとも、そこ済んだら上がって良いよ。遅くまでお疲れさん」

暖簾《のれん》を終《しま》って、店長が労《ねぎら》う声をかける。

カウンターに手を伸ばして新聞を取り上げ、始末しようとした久仁子の目の隅に、「南條拓海」という文字が映った。

「まあ」

久仁子は小さく呻《うめ》いた。

紙面の下、三分の二ほどを占めていたのは、南條拓海の新刊の広告だったのだ。

半年ぶりの新刊であることを伝える特大の広告に、今週末のサイン会の告知の文字が躍っていた。

最後に銀座に来たのは何時《いつ》だっただろう。

街並みが変わっているのに戸惑い、見覚えのある和光ビルを認めて、ホッとするありさまだ。鉄工所で汗みずくになって働く両親のもとで育った久仁子にとって、同じ都内でありながら子どもの頃から銀座は遠く、苦手意識が尾を引いて、今なお遥かな街だった。

鏡面ガラスには、洗いざらしのTシャツにジーパンを身に着けたみすぼらしい中年女が映っている。己の姿から眼を背けて、久仁子は書店へと急いだ。行き先が書店であることが、久仁子から気後れを削ぐ。蕎麦屋での立ち仕事を終えて疲れているはずが、足取りは軽やかだった。

夕方六時前でもまだ充分に明るく、夏が近いことを実感する。

「済みません、あの、サイン会の整理券を電話予約した、笹野と言います」

目指す書店の一階レジでそう告げると、若い書店員は愛想よく、一冊の単行本とともに小さな水色の紙片を差し出した。

「会場は階段を上がった二階で、こちらが整理券です。サインには為書《ためが》きがつきますので、空欄に見易い文字でお書きください」

ありがとう、と受け取ったものの、サイン会というものが生まれて初めての久

仁子には、為書きの意味がわからない。惑う表情の久仁子に、書店員は、

「もちろん、為書きなしで先生のサインだけでも構いませんよ」

と、にこやかに言った。

久仁子は軽い会釈《えしゃく》を残して本を胸に抱き、階段をゆっくりと上がる。滅多に嗅《か》がない真新しい本の紙の匂いが愛《いと》おしい。

蕎麦屋での賃金で日々の生活を賄《まかな》う身、常は図書館で本を借りるけれど、今日だけは特別だった。

清水《きよみず》の舞台から飛び降りるつもりの、定価千七百円のハードカバーだ。

今日は特別だから、と久仁子は胸の内で繰り返し、純白に金箔を施した表紙を撫でた。

二階へ上がると、サイン会の開始まで三十分以上あるはずが、すでに長い行列が出来ている。並んでいるのはまだ二十代と思《おぼ》しき若い女性ばかりで、美しく手入れされた艶《つや》やかな髪や、華やかな衣装が久仁子の目には眩しくてならない。場違いを認識しつつも、列の最後尾に並ぶ。さほど時を置かずに、久仁子の後ろにもひとが並んだ。

首を捩《ねじ》って確かめれば、友人同士なのか、上質のシフォンのワンピースにレー

スのショールを羽織った女性と、着物姿の女性とが、楽しげに話している。

「帯も自分で結んだの？　すごく上手ねえ」

「そりゃあ、南條先生の半年ぶりのサイン会だもん。気合入れたわよ」

好きな作家の登場を待つ、という高揚が伝わって、久仁子も自然、柔らかな表情になる。

「ねえ、何か匂わない？」

ふいに、洋装の方が、周囲を憚《はばか》るように声を潜めた。和服の方が、鼻をすんすんと鳴らして応える。

「何これ、……もしかして蕎麦汁《つゆ》の匂い？」

「やだ、何でこんな場所で？」

ふたりの遣《や》り取りに、久仁子はかっと頬《ほお》が火照《ほて》るのがわかった。

匂いのもとは自分に違いない。そう悟った途端、いたたまれなくなった。

「お客様のお呼び出しを申し上げます。先ほど児童書コーナーでお尋ねの……」

タイミングよく館内放送が流れ、久仁子はそれに応じる振りをして、そっと列を離れた。そしてそのまま書店を出て行った。

最寄駅に降り立った頃には、流石《さすが》に周囲は闇に包まれていた。

駅周辺の雑踏を抜け、神社の脇道を進めば住宅街に差しかかる。ひと通りの疎《まば》らな道を暫《しばら》く歩いてJRの踏切へと向かう。そこを越えれば、久仁子の暮らす集合住宅はすぐだった。

「自分じゃ少しもわからないけど」

肩口に鼻を押し付けて匂いを嗅ぎ、久仁子は苦く笑う。長年、駅蕎麦で働いているのだ。業務用の出汁《だし》で久仁子自身も煮しめられているに違いなかった。

サイン会の列に並んでいた女性たちを思い、ああした生き方もあるのだ、と溜《ため》息《いき》が出る。多分、久仁子自身がもっと若ければ、充分に打ちのめされるはずの出来事だろうが、今は僅かな心の澱《おり》を自覚し、徒労に終わった銀座行きを悔やむだけで済んでいた。

でも、と久仁子は布製の鞄に手を当てた。生地越しに四角い硬い手触りがある。

南條拓海のサインはもらえなかったけれど、それでも最新刊を自分のために買ったのだ。返却期日を気にしないで、幾度でも読み返せる。ページの上に涙が落ちても、自分の本なら気にしないで良い。

「今日は特別な日だから」

倹《つま》しい暮らし向きの中から千七百円を投じた罪悪感を拭うように、久仁子は明るい声で自身に言い聞かせた。

かんかんかん、と踏切警報機が鳴り始めて、久仁子の足を止めさせる。

遮断機はまだ下りていないから、走れば渡りきれるのだが、疲労が久仁子を押し留《とど》めた。

あら、と久仁子は眉根《まゆね》を寄せた。

向こう側の街路灯が、踏切の中に佇《たたず》むひとを仄明るく照らしている。

立ち止まったまま、ぼんやり考え込んでいるような後ろ姿だった。

相手が高齢者か、あるいは歩行が困難なひとなら、久仁子は迷わなかった。

けれども、長身の男性だったので、手を貸しに駆け寄ることもせずに、ただ苛《いら》々《いら》と見守った。

ぼんやりするにも程がある、と歯噛《はが》みするうち、がたたん、がたたん、という電車の走行音が近付いてくる。男は動く気配を見せない。電車の強い照明に遠方から照らされても、パァァーン、という鋭い警笛が鳴らされても、男は微動だにしなかった。

電車がブレーキをかけたのだろう、鋭い摩擦音が闇を裂いて響く。

死ぬ気だ。

そう悟った時、久仁子は咄嗟《とっさ》に遮断機を潜り抜け、男の身体に体当たりを食らわせた。我が身の危険を顧みる余裕もないほどに、無我夢中だった。

男は久仁子のタックルを受けてあっけなく踏切の外へともんどりうって倒れ、ふたりしてアスファルトを転がった。組み敷いた男の湿った体温が、Tシャツ越しに感じられる。そのすぐ傍《かたわ》らを、忌々《いまいま》しげに警笛を鳴らしながら電車は通り過ぎていった。

「た、助かった……」

警報が消えて、遮断機が呑気《のんき》に跳ね上がったのを認めて、久仁子は地面に両の手をついた。男から身体を離すと、長々と息を吐く。全身から汗がどっと噴いた。鞄が思いがけず遠くへ飛び、中身がばら撒《ま》かれていた。それには構わず、久仁子は倒れたままの男に問いかける。

「ちょっと、あなた、大丈夫？」

だが、男は無抵抗にアスファルトに身を投げ出し、起き上がる気配を見せない。

「……どうして」

星のない空を仰いで、男は声を絞り出す。

「どうして死なせてくれなかった」

「どうして、って……」

久仁子はアスファルトにぺたんと尻をつき、途方に暮れて相手に問うた。

「助けちゃ迷惑だった？　でも、どうして？　どうしてそんなに死にたいの？」

男は暫く無言だった。

街路灯の青い明かりが、光沢のある絹のシャツに憩う。伸びた前髪が目もとまで覆い、顎《あご》から頬にかけて無精髭《ぶしょうひげ》が浮いて、今ひとつ表情は窺い知れない。

一台の乗用車が減速して脇を通過し、それを機に、男はのろのろと上体を起こした。

「……何もかもが駄目で、もうどうしようもない、死ぬしかないんだ」

――久仁子、父さんな、前にも工場が借金まみれになって、もう死ぬしかない、と思った時があったんだよ
男の台詞《せりふ》が耳の奥で父の声と重なり、久仁子はハッと息を呑み込んだ。

あれは確か、父が銀行から呼び出しを受けた朝のことだ。工場に設定されていた抵当権が実行されることが決まった日だったから、よく覚えている。母は一縷《いちる》の望みを抱《いだ》き、金策に走り回って留守だった。

玄関で靴を履いていた父の背中を、久仁子は何とも言えない思いで見守っていた。失意の父が自ら命を絶ってしまうことだけが気懸かりで、同行したいと願う久仁子に、父は大丈夫だよ、と言って柔らかに笑った。

——死ぬことばかり考え始めた父さんに、母さんは優しく笑って小指を差し出して、言ったんだ。「お父さん、指切りしましょう」って

失意の父に、母は余計なことは何も言わず、ただ指切りをねだったのだという。

——けれど、母さんはそうやって父さんに「生きる」という約束をさせたんだよ。本人には言えてないんだが、父さんは母さんとのその約束を交わしたことを心から感謝しているんだ

かんかんかん、と再び警報機が鳴り始めて、ゆっくりと遮断機が下りてきた。

地鳴りに似た音が近付き、ゴオオオッと轟音《ごうおん》を立てて特急電車が通り過ぎる。

静寂が戻った時、久仁子は右手の小指を立てて、思い切って男に差し出した。

「ねえ」

「指切りしましょうよ」

前髪の間から覗く男の両の目が見開かれる。右の目尻の下に小さな泣き黒子《ぼくろ》があった。

戸惑いを隠さない泣き黒子の男に、久仁子はなるべく平らかな声でこう伝えた。

「今日、帰ったらすぐに寝床に潜り込んで、ぐっすり眠るの。明日には風向きが少し変わってるから。口に合うものを食べ、力を補って。そうすれば、きっともう大丈夫」

あなたは大丈夫、約束するわ、と久仁子は精一杯の笑顔を向けた。

男は少しの間、差し出された小指と久仁子とを交互に眺めて、馬鹿馬鹿しい、と吐き捨てた。

「何が『大丈夫』だよ。あんたに俺の何がわかる。一体、何の根拠があってそんなことを」

声色に憎悪が滲むのを察して、確かにそうね、と久仁子は気弱に頭《かぶり》を振った。

「今日、私の誕生日だったのよ。満五十歳。嬉しいことも、悲しいことも、辛いことも経験しての五十歳。別に祝ってくれるひとも居ないし、冷静に考えたら、先行きに不安を感じるしかない年代に突入したってことなんだけど」

小指を差し出したまま、柔らかに続ける。

「でも、あなたの命を助けさせてもらった。それが多分、神様からの誕生日プレゼントだと、そう思うことにしたいだけかも知れない」

深爪の小指を、街路灯の青い光が密《ひそ》やかに照らしている。周囲の家並みや遮断機までもが息を詰めて事の成り行きを見守っているようだった。

男は自分の左手を持ち上げ、躊躇《ためら》いがちに小指を立てる。そして、目の前の女の小指へと絡めた。

男にしては華奢《きゃしゃ》な細い指は、水仕事で荒れた女の指に柔らかく纏《まと》わりついて、一瞬、そこに光が宿った。

「随分、派手に散らかしちゃったわ」

指切りを終えると、久仁子は立ち上がり、散乱した荷物を拾い始めた。お茶のペットボトルやボールペン、ハンドクリームなどを拾い上げて鞄に納めていく。

「あ、ここにも……」

手伝おうとしてか、男は腰を屈《かが》めて、一冊の本を拾い上げた。久仁子が買い求めたハードカバーだった。純白の表紙に置かれたタイトルの金箔が、街路灯の下で輝いて見える。間に水色の整理券が挟まれたままになっていた。

手にした本を、男はじっと眺めている。

「今日、その本を書いたひとのサイン会があって。同僚に無理言って早めに仕事を上がらせてもらって、いそいそ出かけたんだけどね」

鞄の底についた汚れをパンパン、と叩《はた》きながら、久仁子は照れた口調で続ける。

「ファンのひと、皆、若くて綺麗な娘さんばっかりで、おばさんは恥ずかしくなって逃げてきちゃったのよ」

男はなおも新刊を手にして、動かない。

本に興味を持ったのか、と思い、久仁子は声を改めた。

「その新刊はまだ読んでいないのだけれど、南條さんの小説は、素晴らしいのよ。声高《こわだか》に励ますわけじゃないし、あざとく泣かせにかかるわけじゃない。でも読んでいると泣いてしまうし、もう少し頑張ってみよう、と思わせてくれるの。良かったら読んでみて」

せっかくの新刊だった。特別の日だから購入した本だった。それでも、目の前の男が、久仁子の大好きな南條拓海の本を読んで、たとえ一時でも救われるなら良い。

久仁子はそう決めて、鞄を肩に掛けた。

「じゃあ、今夜はゆっくり眠ってね」

それだけを言い残し、まだ本の表紙に目を落としている男に背を向けた。

五十歳の誕生日。ケーキも蠟燭《ろうそく》も贈り物も何もないけれど、良い日になった、と久仁子は満足し、待つひとも居ない集合住宅へと軽やかに駆けだした。

第二章　拓海

大型書店の事務所の一角に設けられた応接間には、カサブランカの甘い芳香が充満している。中年男性ふたりの殺風景な室内に、花の存在だけが異質だった。

「頭が痛くなる匂いだな、これ」

担当編集者の山田《やまだ》は顔を顰《しか》め、ソファに座ったまま腕を伸ばして、ドアを細めに開いた。

贈り主である出版社の名札のついた華やかなフラワーアレンジメントは、サイン会場が整い次第、そちらへ運び込まれる予定だという。開場まで、まだ小一時間あった。

「南條先生、もう去年みたいにサイン会が嫌だから、と逃げ出すのは勘弁してくださいよ」

心臓が幾つあっても足りませんからね、と山田はやんわりと釘を刺す。柔らかな物言いながら、目は笑っておらず、昨年の拓海の脱走劇を未《いま》だ根に持っていることが察せられた。

「あの時は、そうするしかなかったんだ」

ぼそりと答えて、拓海はセーラム・ライトの火を灰皿に押しつけた。

一年半ほど前、拓海は創作者として迷路に入り込んでしまい、書き上げた原稿にも全く自信を持てなくなった。刊行予定を一旦白紙に戻してほしい、と山田に懇願したが叶わない。水面下でメディアミックスの話が進んでおり、版元としても刊行を遅らせるわけにはいかなかったのだ。

ただちに山田を中心として編集部内にサポートチームが設けられ、「南條拓海の会心作」を完成させるべく、皆が手分けして修正すべき箇所に附箋を貼り、拓海に指示通りの朱を入れるよう要請した。

それはアドバイスの域を超え、チームの手で全編を書き換えられるに近かった。拓海が作り上げた世界は、寄ってたかって破壊され、まるで違うものに作り変えられてしまっていた。変容はしかし実に巧妙で、デビュー時からの南條拓海の系譜を受け継いだものに仕上がっていた。附箋だらけになったゲラを手にした日の屈辱を、拓海は未だに忘れない。

作家としての誇りと矜持《きょうじ》があるなら、この時点で席を蹴《け》って帰るべきだった。だが、拓海は表舞台から消えてしまうことを恐れ、人気作家という立場にしがみつく方を選んだ。

完成した本を手にした時の絶望は、決して記憶から消えない。おまけに、献本を受けた書評家たちが、こぞって作品を絶賛し始めたのだ。

作家としての存在意義を失い、精神的に追い詰められた拓海は、サイン会当日、会場に向かう代わりに、死に場所を求めて街なかを彷徨《さまよ》うこととなったのである。

死の淵を覗き、すんでのところを救われて、丁度一年。転落から浮上に至るこの一年の葛藤と苦しみ、そして摑《つか》んだ光明。充分に長い、長過ぎる一年だった。

消し損ねたのか、潰《つぶ》れた煙草《たばこ》の先から薄く白い煙が立ち上っている。拓海はそれに目を留めて、大きく肩を上下させた。

「今さら担当編集者に褒められても、嬉しくはないでしょうが」

積み上げられた新刊の一冊を手に取って、山田はぱらぱらと捲った。

真新しい本のページは、捲られる度《たび》にぱりぱりと軽い音を立てる。

「この『約束～五月二十日生まれの君へ～』は、先生にとってのまさに新境地。

デビュー以来、若い男女の恋愛を題材に書き続けてこられた南條先生が、ここへきて、よもや中年の恋を描かれるとは思いもしませんでした」

　これはベストセラーになること間違いなしですよ、と山田は嬉しそうに笑った。去年、ゴーストライターばりの仕事をして拓海を追い込んだことなど、まるでなかったかのような笑顔だった。

　中高年層へアピールすべく、装丁を重厚なものにして、帯にも「南條拓海、新境地」「中年の男女のリアルな恋」などの文字が目立つよう配されていた。すでにヒットさせるための根回しにはぬかりなく、発売日には複数の新聞に全面広告を打って出た。また、サイン会を題名に合わせて五月二十日に設定し、この日に実際に誕生日を迎える読者には、プレゼントとして携帯ストラップが用意された。

　サイン会場の書店員には、表紙のイラストをプリントしたTシャツを着てもらっている。

「まあ、そう都合よく『今日が誕生日』というひとが居るとは思えないんですが、一応、ストラップは二十個、用意しておきましたよ」

　これが見本です、と山田は携帯電話をポケットから取り出した。

淡水パールを使った、少し高級感のある携帯ストラップが小さく揺れている。読者プレゼントにしては、随分と張り込んだものだった。

「自殺しようとする男がそれを止《とど》まる辺りの、見ず知らずの女とのエピソードが効いてますよね。特に、死にたいと願う主人公の心理描写が半端なくリアルで……」

ストラップを人差し指で揺らせて感想を得々と伝えていた山田が、ふと、黙り込んだ。作家の思いを忖度《そんたく》して、というよりも、下手なことは口にしない方が良い、との判断から選んだ無言のようだった。

担当編集者の沈黙を幸いに、拓海はひとり、思索に耽《ふけ》る。

あのひとは、来るだろうか。

来てくれるだろうか。

一年前に踏切で逢った女性を思い描く。なりふり構わず働いてきたのだろう、生活にくたびれ果てた女性のことを。

拓海がそれまで描き、また、実際に付き合ってきた女性たちとは見かけからして全く異質だった。飲食店で働いているのか、出汁で煮しめられたような匂いが身体から立ちのぼる、ただただ貧乏臭くて哀れな中年女だった。

しかし、そのひとに拓海は救われたのだ。

死にたい、と望む拓海に、何の事情も尋ねずに約束の指切りをせがんだ女性。目の前の相手が著者本人とも気付かずに、刊行されたばかりのハードカバーを躊躇《ためら》いなくくれたひと。

ああした状況で、よもや例の新刊を手にすることになるとは思いも寄らなかった。実質はチームの手で変容させられた作品なのだが、彼女はそれをまだ読んでいなかった。それまでの南條拓海の作品のみを評価してくれていたのだ。拓海にとってその一事こそが、あれからの一年を乗り越える支えとなっていた。

「失礼します」

コンコン、と軽いノックのあと、ドアの隙間《すきま》からエプロン姿の書店員が顔を覗かせた。

「そろそろ会場の準備が整いますので、お花を移動させて頂きます」

「ああ、はい、お願いします」

山田は応えて、書店員を迎え入れた。

いよいよだ、と拓海は立ち上がって、壁面の鏡に向かい、黒のシルクのシャツの襟を整える。山田の要望でスタイリストをつけ、外観に隙を作らないよう心掛けた。そのためか、三十九という齢《とし》のわりに、鏡の中の拓海は随分と若々しく見える。スランプなどとは無縁だったデビュー当時の風貌に、ぴたりと重なった。

十七年前、同じ版元主催の某文学賞の新人賞を受賞した、あの頃の自信漲《みなぎ》る「南條拓海」が帰ってきた。

俺はもう大丈夫だ、と拓海は自身に言い聞かせた。

当日の放棄分を見込んで百三十枚ほど配布された整理券だったが、その八割を回収して、無事にサイン会は終わった。為書きとサイン、それに請《こ》われれば握手にも写真撮影にも応じて、所要時間は一時間半ほどだった。

「お疲れ様でした」

ささやかな打ち上げと称し、ホテルの最上階のバーに場所を移して、山田が軽くグラスを持ち上げる。マッカランの水割りをひと口呑《の》んで、山田はしみじみと言った。

「しかし、意外でした。以前は俯《うつむ》いて黙ったきり流れ作業でサインをするばかりだったのに、今日はひとりずつ、しっかり顔をご覧になってましたね」

「逢いたいひとが居たんだ」

ジントニックで満たされたグラスを口から外して、拓海は投げやりに応えた。待ち人来たらず、を声の調子で悟ったのだろう、山田は黙ってマッカランを呑み続ける。

窓の外、ビル街を朱に染めて太陽が落下していく。中途半端な時間に呑むアルコールは急速に拓海の意識をぼやけさせた。ボリュームを押さえたBGMは「FLY　ME　TO　THE　MOON」、拓海好みの曲だった。

踏切で自殺しようとする男、制止する女。

男を死から遠ざけるべく、女は唐突に指切りをねだる。

――あなたの命を助けさせてもらった。それが多分、神様からの誕生日プレゼントだと、そう思うことにしたいだけかも知れない

あの時の台詞を、そのまま作中で使った。

読めばきっと、あの日のことだと気付いてくれるはずだ。自分が助けた男の正体を知った時、彼女はどう思うだろうか。

編集部宛てに問い合わせるタイプではおそらくない。自分がモデルになっている、と周囲に吹聴しそうにもない。

このままでは多分、二度と逢うこともないのだ。そう思った途端、拓海は何と

も居たたまれない気持ちになった。

探してみようか。

でもどうやって？

考えあぐねた時に、鼻孔に出汁の匂いが蘇った。あのひとはおそらく、あの近辺に暮らしているのだろう。そして、飲食業――それも料亭などではなく、気安い定食屋か蕎麦屋あたりに勤めているのではないだろうか。

駅周辺は学生街でその手の店は多いが、虱潰《しらみつぶ》しにあたれば何とかなるのではないか。

「先生、そろそろ河岸《かし》を変えましょうか」

山田に声をかけられて、はっと我に返る。手にしたグラスはとうに空になり、滴った水がカウンターに小さな水溜《みずたま》りを作っていた。

「悪い、今日はこのまま帰るよ」

拓海は言い、山田の返事を待たずにカウンターを離れた。

彼女を探し出して、礼を言いたい。勝手にあのエピソードを膨らませ、本に書いたことに関して、ひと言、断りを入れたい。

「欺瞞《ぎまん》だな」

ビル壁面をなぞって下りるシースルーエレベーターに身を置いて、拓海は自嘲気味に呟いた。

礼を言いたい、とか断りを入れたい、とかは実のところ、どうでも良いのだ。ただ、あんな風にくたびれた中年女が、自身が小説のモデルになったことを知ったとしたら、どんな感情を抱くのか。そこに途轍《とてつ》もなく興味があった。

これから先、若い男女から中高年の読者層へ向けての作品にシフトするなら、あの年代の心理を把握しておきたかった。二十代、三十代なら自分の経験をベースに出来る。四十代も前半なら今の自分とそう大きな隔たりがあるとも思えない。しかし、五十代は未知の世界だった。

ポケットからスマートフォンを取り出して、検索機能を立ち上げる。京王線の駅名を入れ、周辺の情報を探れば、画面に現れた地図に飲食店を示す赤い印が無数に立った。そこから条件を絞れば、印は激減する。

これなら何とかなるかも知れない。

妙に高揚する気持ちを抑えきれず、拓海は携帯電話を握り締めた。

初夏から盛夏を迎え、やがて立秋の声を聞く頃になっても、暑さは全く退く気配を見せない。エアコンの室外機からは四六時中、温風が放たれ続けて、街を掻《か》き回していた。

　五月に発売した拓海の新刊は好評で、ずっと書店の売り上げランキングの上位に留まり、映像化の話も順調に進められている。昨年の作品よりも評価は遥かに高く、作家として十二分に面目躍如たりえた。担当編集者の山田は上機嫌で、あまり強く次作の原稿の催促を言ってこなかった。

「あれ、ここ、潰れてる」

　ハンカチで首の汗を拭い、拓海は手もとの携帯電話と店の看板とを見比べる。目星をつけた蕎麦屋の表には閉店を告げる貼り紙がしてあった。もしもこの店に勤めていたなら完全にアウトだな、と拓海は太い息を吐いた。

　あれから一軒一軒、あのひとの姿を求めて蕎麦屋と定食屋を回っている。探偵ではないし、聞き込みをする度胸もないので、ひたすら店を覗くか、実際に入って食事を取りながら中を探るかだった。

　元来、和食が好きではないので早々に音《ね》を上げるかと思ったのだが、意外なことに、三か月を経てもなお妙に心が浮き立つのだ。

　作家になって以来、酷暑の夏にはあまり出歩かず、冷房の効いた部屋に籠《こも》って執筆するのが当たり前になっていた。それが今では週に三日ほどの頻度で、こうして歩き回って汗を流し、存分に疲労を覚える。隠れた財宝を探すゲームを楽しむ感覚に似て、何とも新鮮に感じられた。

「仕方ない、次は、と」

顔の汗を乱暴に拭って、拓海はふと駅の方へ視線を向ける。改札の脇に、立ち食い蕎麦の店が暖簾を掲げているのに気付いた。

「そうか、駅蕎麦……」

改札を出てすぐの場所にありながら、迂闊《うかつ》にも見落としていたのだ。

その店は券売機で先に食券を買うシステムだった。実のところ、食券を買って食事をするのは大学卒業以来だ。食事は大抵外食だったが、出版社にご馳走《ちそう》になるか、自腹の時もそれなりの店に行っていた。慣れない手つきで小銭を投入し、「冷やしタヌキ」のボタンを押して券を入手すると、自動ドアの前に立つ。

時分時を外れているからか、店内には外回り中らしきサラリーマン風の男がひとりきり。

「いらっしゃいませ」

洗い場の初老の女が拓海に呼びかけ、その同僚の声に、葱を刻んでいた女性店員が顔を上げる。髪を三角巾でまとめた中年女性は、拓海を認めると、包丁を動かす手を止めて、「あ」の形の口のまま、両眼を大きく見開いた。

「ああ、やっと」

拓海は思わず声を上げて、カウンターへと駆け寄った。

「やっと見つけました」

ざる蕎麦を啜《すす》っていたサラリーマンが、何事かと振り返る。好奇の視線を受けて、拓海はカウンター越しに声を低めた。

「僕……私のこと、わかりますか？　ええと、『約束』、読んで頂けたでしょうか？」

女性店員は声を失った様子で、こくこくと首を縦に振った。

良かった、読んでいてくれた、と拓海は安堵し、表情を緩めると、一気に早口になった。

「助けて頂いたお礼と、それと勝手にエピソードに使ってしまったお詫びとを伝えたくて、あの辺りからこの最寄駅にかけての和食と蕎麦の店を一軒ずつ当たったんです」

洗い場の店員は器を洗う手を止め、カウンターの客も箸を動かす作業が緩慢になっている。それに気を取られつつも、拓海は目の前の疲弊した中年女性にこう畳みかけた。

「お礼に今夜、夕飯をご馳走させて頂けませんか。仕事が終わるのは何時でしょうか」

「五時には」

洗い場の店員が浮ついた声音で応えて、手を拭いながら拓海の方へ身を寄せた。

「何が何でも五時には店から出しますので、何処《どこ》でも連れてってやってください。久仁ちゃん、それで良いね」

くにちゃん、と呼ばれた女は、同僚から念押しされても、呆然《ぼうぜん》として声もない。仕方なく拓海は、好意的に応じてくれたその洗い場の店員に、宜《よろ》しくお願いします、と浅く頭を下げた。結局、券売機で購入した「冷やしタヌキ」の食券は、もう役目を終えたとばかりに、拓海の手で熱を持ったアスファルトの路上に捨てられた。

細長いフルートグラスに黄金色の液体が注がれると、シュワシュワ、と泡の弾ける優しい音がする。

節高の指が恐る恐るグラスを捉《つか》まえ、目の高さまで持ち上げた。

美しく磨かれたグラスに、首回りの緩んだTシャツが歪《ゆが》んで映っている。それに目を留めて、女は恥らうように視線を伏せた。

「うわあ、綺麗」

「私、場違いだわ。済みません、南條先生に恥をかかせてしまって」

上質なテーブルクロスには、銀製のナイフやフォーク、スプーンなどが整然と並んでいる。オークを基調とする店内には、ごく控えめな音量でクラシック音楽が流れていた。

千歳烏山《ちとせからすやま》の住宅街に位置するフレンチの隠れた名店は、一日にごく限られた予約客しか取らない。伝手《つて》を頼りに当日に割り込ませてもらったが、確かに笹野久仁子はこの店には場違いだった。ドレスコードのないのが、せめてもの救いだった。

「突然、無理にお誘いしたのは私です。それに料理は美味《おい》しく食べるのが一番ですよ。あと、『先生』は止めてください。『南條さん』で構わない」

そう言って、拓海は口もとを綻ばせた。

前菜からスープ、と料理が進むに連れて、子どもの頃に読んだ本の思い出や、作中に描かれていた食べ物の話など、気持ちよく話題が広がっていく。

拓海は当初、久仁子が物語の登場人物のモデルになったことで舞い上がっていると予想して、密かに冷酷に観察するつもりだった。

しかし、久仁子は初めのうちこそ驚きと謝意を伝えたものの、途中からはごく控えめに、作家としての拓海の話を聞きたがった。聞き上手な久仁子を相手に、会話は尽きることなく、思いがけず拓海は会食を心から愉《たの》しんだ。

「この葉っぱ、蓮《はす》の葉に似て丸くて可愛い。食べても良いのかしら」

「ナスタチウム、僕の好物です。少しピリッとして美味しいですよ。ナスタチウムは葉だけではなく、花も食べられるんです」

サラダフォークを使い、拓海が食べてみせると、久仁子もおずおずと真似る。料理が運ばれる度に、どのナイフフォークを使えば良いかわからず、気後れした表情を見せるところも、料理を口に運んで美味しそうに目を見張るところも、拓海には実に新鮮で、感動的ですらあった。

大学在学中から執筆を始め、卒業と同時に作家としてデビューしてからずっと、世間的には順風満帆の人生を送ってきた。二年半、という短い結婚生活を送った編集者だったもと妻。モデルやCAなど、華やかな恋人たち。いずれも若く、美しく、そしてうんざりするほど傲慢《ごうまん》だった。

拓海もひとのことは言えないにせよ、美食と贅沢《ぜいたく》に慣れきった者と同席しても、そう楽しくはない。ことに自身の書く物に自信が持てず、精神的に追い詰められるようになると、セックスにも恋愛にも食指が動かなくなった。

最新刊が出て、女性の方から誘われる機会が増えて幾度か応じたが、まるで心が弾まない。しかし今は、目の前のひと回り近く年上の女性が、拓海がこれまで交わりを持ったことのない、何か見知らぬ小動物に見えて、浮き浮きとしていた。

「こんなに贅沢な夕飯、私、生まれて初めてです」

途中、フォークを動かす手を止めて、久仁子は吐息とともに洩《も》らした。

高校を出てすぐに父親の経営する鉄工所の事務を引き受け、身を粉にして働き続けた、と語るそのひとは、長年にわたる貧しい暮らし向きが否応なく身体に染《し》みついて、哀れですらあった。

久仁子は命の恩人であり、なおかつ小説の根幹となるヒントをくれたひとでもある。敬意を持って接しつつも、拓海は自身の中に芽生えた相手への憐憫《れんびん》の情を封じることが出来なかった。

「本当に、今夜はありがとうございました。南條先生、いえ、南條さんに、こんな遠くまで送って頂いて、済みません」

集合住宅の手前で止めたタクシーの外で、久仁子は拓海に深く頭を下げた。その胸に抱えているのは、為書き入りの新刊である。

顔をあげ、それを拓海に示すと、

「夢のよう、って言いますけど、私には今日がまさにそれでした。サイン本まで頂いてしまって」

と、久仁子は満面に笑みを浮かべた。

憧れの作家と、夢見心地の時を過ごした。最早それ以上に望むものはない、という表情のはずが、拓海の眼には女が何処となく寂しげに映った。久仁子に見送られて、タクシーに戻ったものの、やはり心残りだった。

「もう少しだけ、待っててください」

運転手に断り、拓海は今一度、後部座席を下りて、久仁子と向かい合った。

「電話番号を、教えてもらえませんか？」

拓海の申し出が心底意外だったのだろう、久仁子は一瞬、声を失し、続いて申し訳なさそうに、あのう、と俯き加減で応えた。

拓海の仕事場兼自宅にも固定電話が引いてあるが、滅多に使うことはない。ファックスは専用回線だし、仕事にせよプライベートにせよ、電話は全て携帯の方にかかってくる。

「こいつを手に取るのも久しぶりだ」

拓海は電話機の子機を取り上げ、メモした電話番号をゆっくりと押した。久仁子の部屋の固定電話の番号だ。携帯電話を持たないことを恥ずかしがる女から、何とか聞きだしたものだった。

トルルル、と優しい呼び出し音が一回鳴るか否かで、回線が繋がった。

久仁子さん？　と相手を確かめて、拓海は子機を手にしたまま、ガラス窓の方へ向かった。

「先ほど帰宅しました。今日は振り回して申し訳なかったです」

三十八階建てマンションの最上階、窓の外にはクリスマスのイルミネーションに似た、色とりどりの小さな光が無数に輝く。見飽きた光景ではあったが、今夜はその光の瞬きの何処かに、電話の相手が居そうな気分になっていた。

「嬉しい一日でした。あなたに逢えて、お礼も言えましたし」

受話器の向こうで長々と礼を言う久仁子の声を遮って、拓海は重ねて謝意を伝え、こう続けた。

「僕も固定電話からかけさせてもらっています。あの、許して頂けるなら、時々、声を聞かせてもらえますか？」

久仁子を取り巻く状況が明白ではないので、邪魔にならないように、と拓海は午後十時前後、と大体の時間を決めて電話させてもらうことを提案した。

断られるとは微塵《みじん》も思わなかった。

「……はい」

案の定、逡巡《しゅんじゅん》ののちに受話器の向こうの女は、上ずった声で応えた。

久仁子から拓海へは、過去の作品の感想。拓海から久仁子へは、当時の執筆の裏話。初めのうち、会話の内容はそんなものだった。

やがて、ともに一人っ子だったことや、両親が既に他界していることなど、ぽろり、ぽろり、と互いの人生の片鱗に触れるようになった。

勤めた経験のない拓海にとって、久仁子の話はとても興味深い。話の中に汗の匂いが混じるのも、これまで関わって来なかった世界の手触りを感じて、魅力的だった。執筆の際にも、久仁子から聞いたエピソードを交えることで、描写がリアルになる手応えも感じていた。

最初は十分程度だった電話は、少しずつ長くなっていく。月見の季節を過ぎ、何処からか金木犀《きんもくせい》の香りが漂って、気付くと十一月も数日を残すばかりだった。

「僕、正月ってのが苦手でしてね」

その夜、拓海は少し酔っていた。担当編集者の山田と打ち合わせのあと軽く呑んだのだ。そのせいか、常よりも饒舌《じょうぜつ》になるのが自分でも抑えられなかった。

「今くらいになると街はクリスマス一色じゃないですか。でも、クリスマスの一週間後はもう新年なんだ。だから目立たないところで迎春準備もぬかりなく進んでいるんですよね。そのカラクリに気付くと、クリスマスの情景を見れば即座に正月を連想してしまう。それが堪《たま》らなく嫌なんだ」

平素は付き合いの良い者も、正月休みだけは皆、一斉に居なくなる。

仕事上は勿論のこと、プライベートでの連絡も一切、入らない。常はこちらの私生活にまで何かと首を突っ込みたがる担当編集者の山田でさえ、その期間だけは見事に気配を消した。日頃は取り立てて連絡がなくとも気にならないのだが、こと正月に限っては、無人の孤島にひとり残された気分になってしまう。自分という存在が世の中から隔絶されているように思えてならなかった。

「駄目だなあ、俺、どうしても孤独を制しきれない……」

一人称が「僕」から「俺」に変わったことにも気付かないまま、拓海は重い息を吐く。

「大丈夫よ、南條さん」

受話器の奥から、久仁子の優しい声が届く。

「私なんてね、お風呂で髪を洗ってると、理由もなく泣いてしまうの。可笑しいでしょ？　お正月ばかりじゃないのよ、お風呂に入る度なんだから」

しっとりと湿度の高い笑い声だった。

ふいに拓海の脳裡に、髪を洗いながら涙を流す女の裸体が浮かんだ。欲情を催す類《たぐい》のものではない、むしろ、寂寥《せきりょう》感が迫って胸の奥がぎゅっと絞られるような映像だった。

通話を終えて、子機を置いてからも映像は消えず、拓海は酔って熱を持った額を窓ガラスに押し付けた。

ずっと抱いていた憐憫の情は、久仁子を下に見ていればこそだった。けれど、久仁子の抱える絶望的な孤独が今は胸に応え、それに耐えている女が崇高に思われてならない。俺は一体どうしたんだ、とガラスに額を押し続けて自問するも、答えは得られなかった。

その年は、除夜の鐘を聞きながら、久仁子に電話を入れた。大晦日《おおみそか》は立ち食い蕎麦も大盛況で、電話の向こうの声は少し眠そうだった。

「久仁子さん」

日付が変わって新年の挨拶を交わしたあと、拓海は思い切って言った。

「やっぱり逢って話がしたい。駄目かな」

電話の向こうのひとは、口を噤《つぐ》んでいる。

初詣《はつもうで》に一緒に行かないか、と拓海はさらに畳みかけたが、沈黙は続いた。

「どうだろう？　久仁子さん」

「南條さん、それは止めておきましょう」

改まった声は、礼節を保って続いた。

「私はあなたの大ファンで、顔の見えない電話だからこそ、こうやってお話が出来るんです。逢ったなら上がってしまって、何をどう話して良いか、わからないもの」

どうか今のままで、と懇願されて、拓海はそれ以上、何も言えなかった。

酒の勢いでひと眠りして、目覚めれば紛れもない元日になっていた。

拓海の子ども時代に比して、今はコンビニエンスストアもあるし、ホテル内の施設など観光客を相手にするところは休まない。それでも、馴染《なじ》みの店や仕事上の関係者とは連絡の途絶えたまま、例年通り、疎外感を味わって苦手な一日を過ごした。幾度も久仁子に電話をかけそうになり、苦笑して自らを制する。

若い頃の恋愛のように、落とすことに快楽を見出すものではない。天上から垂らされた蜘蛛《くも》の糸に縋《すが》るカンダタ。そのカンダタに気持ちが重なった。

最後に女を抱いたのは二年ほど前だが、それも含め、この腕で組み敷いた女の数々を思い返し、拓海は妙な敗北感を嚙み締める。

あんなにくたびれた中年、否、初老に近い女に、こんな想いを抱くだなんて。

泣きながら髪を洗う、というエピソードを聞いて以降、どうしようもないほどに久仁子に惹《ひ》かれているのだが、それを認めるのは男としての、否、人気作家としての沽券《こけん》が赦《ゆる》さなかった。

逢うことは拒まれたが、毎日のように久仁子と電話で話す。拓海は編集者との遣り取りや、作品の秘話を打ち明けることが多く、久仁子からは駅蕎麦のカウンター越しの風景が語られる。

「不景気なのね、かけ蕎麦を頼むお客さんが増えたわ。こっそり小分けのとろろ昆布《こんぶ》を持ち込んで、トッピングして食べてるひとも居るのよ。こっちも見て見ぬ振りをするの」

筆一本で生計を立ててきた拓海は、外に出て働いた経験を持たない。だからこそ、久仁子の目を介して知る世間は、途方もなく興味深かった。

汗の匂いのする逸話を聞くのは良い気分転換になる――子機を手にする度に、拓海は心の中でそう言い訳をしていた。

一日、一日、久仁子との会話が積み重なるうち、一月は行き、二月は逃げて、三月になった。

雛《ひな》祭りの翌日は、拓海の四十回目の誕生日だ。その日は日没まで執筆して、シャワーを浴びたあと、新宿の百貨店に出かけた。好みのワインを買い、ひとりで軽く食事を取って、京王線に乗る。普段の移動は殆《ほとん》どがタクシーなのだが、今夜は特別だった。

目指す駅で降りて、商店街を抜け、神社の横を通って住宅街へ。ＪＲの踏切を歩いて渡る時、ふっと足が止まった。

あの日、何故《なぜ》ここを選んだのか、自分でもよくわからない。

学生時代にこの近辺に下宿していた友人が居て、僅かながら土地勘があったからだろうか。いずれにせよ、ここで死のうと思わなければ、久仁子と出会うこともなかった。背中を押された思いで、拓海は目指す方向へと足を踏み出した。

その集合住宅は外灯の淡い光でも誤魔化《ごまか》しようがないほど、古びてみすぼらしい佇まいだった。久仁子の部屋が何処かはわからない。ヴァシュロンの腕時計は十時少し前を示している。拓海は胸ポケットから携帯電話を取り出した。

呼び出し音が鳴るか鳴らないかのうちに電話に出た相手に、拓海はわざと朗らかにこう伝えた。

「久仁子さん、すぐ下の通りを見てもらえませんか？」

ほどなく二階端、外階段から一番遠い部屋の窓が開き、受話器を耳にあてた久仁子の顔が覗く。拓海に気付いて絶句しているのがわかった。

拓海は彼女に向かい、ワインの入った細長い紙包みを持ち上げて示す。

「今日、俺の誕生日なんですよ。一緒に祝ってもらえませんか？」

お願いだから断らないで、と懇願する声音になった。

久仁子は暫く当惑した眼差《まなざ》しを男に向けていた。やがて小さな窓は静かに閉じ、代わりに部屋のドアが細く開かれた。


排水が何処かで滞っているのだろう、部屋に入った途端、澱《よど》んだ臭いがした。

洗面台はなく、流しに置かれたコップに歯ブラシが一本、立てられている。中身の減ったチューブ入り歯磨きは、折り畳んだ部分をクリップで止めてあった。

「汚い部屋でゴメンなさい」

久仁子は幾度も詫びて、拓海の視線を避け、冷蔵庫の前に屈んだ。

六畳一間に置かれているのは、年季の入った小さな箪笥がひと棹《さお》と卓袱台だけ。見てはいけないものを見てしまったような、ひどく哀しい気持ちを、拓海は何とか堪えた。

「チーズの買い置きがなくて……。グラスも普通のガラスコップしかないの」

肩身狭そうに言って、久仁子は、夕飯の残りと思しき煮浸しや白和《しらあ》えの小鉢を卓袱台に並べる。

小さな卓袱台を囲んで、ささやかな宴《うたげ》が始まった。

せっかく奮発したシャトー・ル・パンも、苦手な和食の惣菜を肴《さかな》にして、しかも安っぽいグラスで呑めば台無しに近かった。

会話はさして弾まず、ふたりは隙間を埋めるようにワインを口にする。雨戸のない窓から、月が覗いていた。

「久仁子さん、俺は……」

言いかけて、拓海はふっと口を閉じる。

泣きながら髪を洗う女の姿が、鮮明に脳裡に浮かんだ。この貧しい部屋のバスルームで、彼女は髪を洗うのか、と。

惨めな暮らしぶりの女への慈愛が、ふいに胸に突き上げた。

久仁子は、と見れば、倹《つま》しい部屋に男を招き入れたのを悔いているのか、哀しそうな眼差しをこちらに向けている。

拓海はグラスを置くと、久仁子の両肩を抱き寄せ、唇を求めた。

出汁の匂いの染みついた髪、張りのない肌、だらしなく溜まった皮下脂肪。盛りを過ぎた女の身体に接した経験が、拓海にはなかった。線の崩れた裸体を抱いて、けれども、不思議な安らぎが拓海を支配していた。若さに任せた激しいセックスではなく、相手を労《いた》わり、慈しんで身体を開かせる悦《よろこ》びが在った。幾度も求めることはせず、ただ深く交わった。

高まりが緩やかに去った時、まだ月がこちらを覗いていることに気付いた。明かりを消した室内、月の光が射《さ》し込んで、貧寒とした畳敷きの部屋を青白く、静謐《せいひつ》に映していた。

「月が……」

同じことを思ったのだろう、掠《かす》れた声で久仁子が言った。

久仁子さん、と拓海は呼び、傍らの女に左の小指を差し出した。

「約束して。髪を洗いながら、もうひとりでは泣かない、と」

ほら、指切り、と男に言われて、久仁子は薄く涙を溜めたまま、右の小指を絡ませた。

星の流れにぃ、身を占ってぇ

階下から音程を外した歌声が聞こえて、甘やかな空気に水を差す。ふたりは顔を見合わせて、苦く笑った。

排水溝の臭い、体臭、それに性交の名残りが部屋に澱んでいる。

何時までもこんな暮らしをさせておきたくない――強く思って、拓海は久仁子の頰に掌《てのひら》を添えた。

「いやあ、驚きました」

飲みかけのアイスティーのグラスを置いて、編集者の山田は、まじまじと拓海を見た。

ガラス張りのカフェテラスに、初夏の陽射《ひざ》しが溢《あふ》れていた。

「事実婚じゃなく入籍、しかも十以上も年上の女性と、ですか……。マジで驚きです」

結婚を報告した際の相手の反応はほぼ予想通りで、拓海は口の端を曲げて笑ってみせた。

久仁子はすでに以前の住居を引き払い、拓海の仕事場兼住居の高層マンションに越してきている。当然、駅蕎麦の勤めも辞めさせた。

「まあ、いずれ折りを見て、ちゃんと引き合わせるけど、そんなわけだから宜しく頼むよ」

昨年五月に刊行した『約束～五月二十日生まれの君へ～』は、順調に映画化が決まり、すでにクランクアップして今秋には公開予定だ。プライベートの慶事を担当に打ち明けるには絶好のタイミングだった。

「先生のプライベートは大抵、把握しているつもりだったんですが、寝耳に水ですよ。相手は文壇バーのママ、いや、美魔女の実業家でしょうか。いずれにせよ、先生のファンの子たちは泣きますよ。罪作りだなあ」

ひとしきり騒いだあと、ふっと山田は声を落とした。

「南條先生の小説の強みは、上質な生活感と洗練された描写力だと、僕は個人的に思っているんです。南條拓海に生活臭は似合わない。路線変更しても、その辺りは大切になさってください。さもないと、新たに開拓した読者層は勿論《もちろん》、昔からの読者も逃げてしまう」

山田がその言葉を放った瞬間、光に溢れた店内がにわかに翳《かげ》ったように感じられた。祝福の替わりに不吉の楔を打ち込んだ相手のことを、拓海は決して許すまいと思いつつ、冷えた笑みを湛えた。

「そんな兆候が表れたなら」

アイスカフェラテのグラスを持ち上げ、拓海は山田のグラスにあてて柔らかく鳴らす。

「またそっちで修正してもらうさ。チームを作って、寄ってたかって直せば良い。

前と同じに」

　思いきり皮肉を込めたつもりだったが、山田はそれには応えず、テーブルの伝票を手に取った。

　銀座に誘われたのを断り、店の前で別れると、拓海は新宿区のマンションに戻るため、タクシーを止めた。

「お帰りなさい」

　最上階でエレベーターが止まり、ドアが開くや否や、久仁子の弾んだ声に迎えられた。

　拓海の妻は、玄関の扉を開いて、身体を半分、覗かせている。鯖《さば》を焼いたらしく、脂の焦《こ》げる臭いが周囲に漂っていた。

「また料理をしてるのか」

　今夜は一緒にフレンチを食べに行くつもりだった。拓海は僅かに眉を顰《ひそ》め、玄関で靴を脱ぐ。人工大理石の床がぴかぴかに磨き上げられているのを見れば、久仁子が掃除したことがわかる。玄関脇の出窓に飾られた写真立てには、久仁子の両親の笑顔があった。

掃除と洗濯は業者に任せ、料理は外食で充分なはずが、久仁子は拓海が家を空けると決まって、それらを自分の手で行う。家政婦として迎えたわけではないのに、と呆《あき》れながらも、拓海は久仁子の好きにさせていた。

「そんなことよりさ」

拓海は手にしたブリーフケースからＡ４サイズの封筒を引っ張り出して、久仁子に示した。

「来月の文芸誌に載せる作品の初校ゲラだ。今日、受け取ってきたんだ。久仁子に最初の読者になってもらおうと思ってね」

受け取る久仁子の手が、微《かす》かに震えだす。

「……信じられない、本当に私なんかが読んで良いの？」

「当たり前だろ。久仁子は俺のパートナーなんだ。これから必ず、初校は久仁子に読んでもらうことにするから」

拓海の言葉を聞いて、久仁子はゲラを胸に抱き締めた。

妻の様子を眺める拓海の眼差しは柔らかい。

作家南條拓海に心酔し、その最初の読者になる、という特権に震える久仁子の姿は無垢《むく》ですらあった。

共に暮らすようになって二か月。独り暮らしが長かった分、拓海自身も狭量になっている自覚はある。苦手な和食を食卓に並べられたり、油断すると床に這《は》い蹲《つくば》って掃除を始める妻に苛立《いらだ》つこともあった。また、先刻の山田の台詞が、悪い予兆のように耳に残っている。

だが、こんな光景を見られるのなら、日常の些細なことは幾らでも我慢しよう、と拓海は思う。久仁子と暮らしても拓海自身は所帯臭くなりようがないし、むしろ久仁子を人気作家の妻らしく徐々に変えて行けば良いだけだ、と拓海は己に言い聞かせた。

文芸誌に連載していた短編を一冊にまとめて出版することが決まったのは、秋の初めだった。

雑誌社からインタビューの申し込みがあり、仕事場での写真撮影も含めて、マンションで取材に応じることにした。担当編集者として、山田も立ち会うことになった。

「『約束〜五月二十日生まれの君へ〜』で随分と思い切った作風の変化が見られましたが、今作もそれを踏襲なさっていますよね」

インタビュアーは三十代の理知的な女性で、事前に用意していた質問を重ねていく。

「食事の場面の描写も変わりましたよね。作品の中で『蓮根』なんて単語に出会うだなんて、以前からは想像も出来ませんでした」

「ああ、確かにそうかも知れない。蓮根って、今回初めて使ったかな」

鋭い指摘に、拓海はほろりと笑う。

途中で、久仁子が珈琲《コーヒー》を運んで来た。ガラスのテーブルに慎重に器を置いて、どうぞ、と勧める。インタビュアーも山田も別段気にも留めず、どうも、と頷《うなず》いて珈琲に手を伸ばした。

「紹介が遅れてしまって。妻の久仁子です」

拓海がそう言った途端、ふたりはぎょっとした顔で拓海を見、改めて久仁子を見た。

久仁子はベージュの長袖のリネンのブラウスと、濃茶のスカートを身に着けている。拓海が選んだ上質の品だが、久仁子が着ると、ノーブランドの安い物にしか見えない。せっかく綺麗にセットした髪も、無造作に後ろで束ねてしまっている。おまけに、ネイルも施さない、節高のごつい手は、久仁子を家政婦以外の何者にも見せなかった。

短い沈黙があり、インタビュアーが狼狽《うろた》えたように、そうでしたか、とだけ言った。拓海の前の妻や、浮名を流した相手を知っている山田は、ソファから立ち上がり、

「いつも南條先生にはお世話になっています」

と、無難に挨拶をした。しかし、その目はじっくりと「南條拓海の妻」を値踏みしていた。

自ら久仁子を紹介しておきながら、ふたりの目に妻がどう映ったかを察して、拓海は舌打ちしたくなるほどの苛立ちを覚える。

「久仁子、ここはもう良いから」

僅かに声が尖《とが》るのが、自分でもわかった。

「あの奥さんは正解ですよ、南條先生」

何杯めかのマッカランを干して、バツイチの編集者は、酔いの回った口調で告げる。インタビューを無事に終えたあと、拓海は山田と一緒に銀座の馴染みのバーへ来ていた。

「洗練されていて隙のないベストセラー作家が、ああいう庶民的な奥さんを選んだ、というのは凡庸な読者に大いなる夢を与える」

声に、明らかな憐憫が含まれていた。

山田との、作家と担当編集者としての付き合いは十年に及ぶ。作家としてこれ以上ない酷《ひど》い屈辱を背負わされたこともあったが、よもや憐れみをかけられるとは思いも寄らない。苦々しく、拓海はギムレットを干した。

そう言えば、と山田は傍らの鞄からシステム手帳を取り出す。

「今週末、『約束～五月二十日生まれの君へ～』の試写会ですよ。劇場から参加人数の問い合わせが来ています。奥様も同伴され――」

「いや」

まだ相手の言葉が終わらぬうちに、拓海は強く頭を振った。

そうですか、と山田は安堵《あんど》した声で応じる。

「封切りに合わせて本もばんばん増刷しますし、うちも仕掛けますからね。試写会当日は囲み取材もありますし、先生おひとりの方が良いかも知れません」

久仁子はそうした華やかな場にそぐわない、と暗に匂わせて、山田はぱたりと手帳を閉じた。

「今日のインタビュアーは結構、優秀でしたね」

マッカランとギムレットのお代わりを頼んで、ふと思い出した体《てい》で編集者は洩らす。

「蓮根って単語、言われてみれば確かにそうでした。ロッサビアンコとかナスタチウムとか、先生の作品に登場する食材は、横文字の洒落たものが圧倒的に多かったですから」

それは俺の作品が所帯臭くなってる、という意味か――傍らの編集者を怒鳴りつけたくなるのを、拓海はぐっと堪えた。

その日を境に、執筆が滞り始めた。

中年の男女の恋愛小説でありながら、性愛の場面を書くのがどうにもしんどい。水滴を丸く留める蓮の葉にも似た、若い女の肌ならば描写のし甲斐もある。だが、どれほど至高の愛を謳《うた》ったところで、体形の崩れた者同士の絡みなど、ビジュアル的に醜悪でしかない。

その場面を描く時は、どうしても読者に自分と久仁子の閨事《ねやごと》を覗かせている気分になる。自然、踏み込んだ描写を避けるようになり、作品そのものが凡庸でつまらなくなった。「違う、こんなじゃ駄目だ」が何時しか口癖になり、山田とも電話での口論が増えた。

「拝見した初稿ですが」

電話では埒《らち》が明かない、と思ったのだろう、山田は件《くだん》の銀座のバーに拓海を呼び出して、A4サイズの茶封筒をカウンターの上に投げるように置いた。

中身は、出力した原稿に違いなかった。

「どうしたんです？　南條さんらしくない」

「俺らしくない？」

拓海はグラスから唇を離すと、

「じゃあ、逆に俺らしいって、どういうことなんだ、教えてくれよ」

と言い放つと、封筒を引き寄せて中を確かめる。附箋も朱も入れられてはいなかった。

カウンターに並んで座っていた山田は、椅子ごと拓海に向き直る。微笑みを浮かべつつ、両眼は冷徹な光を湛《たた》えている。

「良い機会ですし、南條先生に申し上げておきたいことがあります」

二年前の件です、との前置きを聞いて、拓海もまた、椅子を少し回転させて、山田へと向いた。

店内にはほかに客がひと組。気を回したのか、ママがバーテンに耳打ちするのが目に入る。カウンター奥に控えていたバーテンは、BGMの音量を少し上げ、ママとともにテーブル席の客の方へと挨拶に行った。

「先生が編集者の仕事をどう理解されているか知りませんが、単に原稿を取りに行くだけなら、編集じゃなくても出来ますよ」

不服を隠す意思など微塵もない物言いだった。呑み始めたばかりなのに目が据わっている。

うんざりしつつも、拓海は応じた。

「当たり前だろ、そんなことは。作家と担当編集者は二人三脚だ。編集者の何気ないひと言が作品のヒントになる例なんて、いくらでもある」

「そう、いくらでもあるんですよ」

作家の返答が意に沿ったらしく、担当は唇の端を少し上げてみせた。

「作品のヒントばかりか、あとの取材や調べものも全部、担当任せにする作家もいます。稚拙《ちせつ》に書き殴った文章の推敲《すいこう》を、こっちに丸投げにする作家もね。担当ひとりでは対応しきれないので、編集部でチームを組んでサポートをする。そんなこと、どこでもやってますよ」

嫌なものを呑み込んだ気がして、拓海は無意識に胸の辺りを擦《さす》った。

「そんな話は、ほかで聞いたことがない。作家は自分にしか書けない物語の鉱脈を常に探し続けるものだし、七転八倒して内容を練り上げていくものだろう。そのために作家になったんだ。編集がそこまで関わるのは反則だろ。おこがましい、とは思わないのか」

拓海の言い分に、山田は一瞬、呆気《あっけ》にとられた顔で拓海を見、それから声を立てて笑い出した。嘲笑《ちょうしょう》と呼ぶには明る過ぎた。山田は笑うだけ笑うと、おしぼりで瞼《まぶた》を拭う。

「南條先生は、今の出版不況を未だにわかっておられないようだ。そんな遣り方を続けていては、本はますます売れなくなる。売れない本に、値打ちなんかありませんよ。だから今はチームで売れっ子作家を作り上げる時代なんです。チームの担ぎ上げるお御輿《みこし》に大人《おとな》しく乗っていれば良いんですって」

「それをよしとする作家は、そう多くはない」

怒りを込めたひと言を残すと、拓海は椅子を下りた。慌ててこちらに来ようとするママを頭を振って拒んで、店を出た。

外堀通りからタクシーを拾うのに手間取ったが、あとを追ってくる者は居なかった。

「プロットがありきたりだと？　お前の眼は節穴か。気に入らなきゃ、そっちのチームで好きに変えたら良いだろ。ただし、もう俺の名は使うな、絶対に」

携帯電話を床に投げつけて会話を打ち切った時、ノックの音がした。

久仁子がドアを控えめに開けて、顔を覗かせる。

「南條さん、大丈夫？」

餃子《ギョーザ》を焼く匂いがドアの隙間から忍んでくる。黙り込む拓海を案じて、久仁子は部屋の中へと身体を滑り込ませた。

「私に出来ることは何かない？　私、何でも手伝うから。何か作品のヒントになることを集めてきましょうか」

この女、一体何を言っているんだ？

作品のヒントだと？

担当編集者からの「黙って御輿に乗れ」などという屈辱に耐え、七転八倒して鉱脈を探っているこの俺を捕まえて、ヒントを集めてくる、だと？

久仁子の傲慢な申し出に頭に血が上った拓海は、ただ一文字を強く発した。

「はっ？」

　短い拒絶の矢は、久仁子を射抜いたようだった。

　相手が青ざめたのを見て、拓海は我に返る。相手は拓海の手で守らねばならない妻ではないか。

　パソコンの前から立ち上がると、ドアを大きく開いてみせた。

「久仁子は何も心配しなくて良いんだよ。執筆に専念したいから、夕飯はひとりで食べて先に休んでくれないか」

　拓海の申し出に、久仁子は小さく、わかった、と応えて部屋を出ていった。

　ひとりになってキーボードを叩いても、思うような文章は浮かばない。気ばかり焦《あせ》るうち、壁の電波時計は午前三時を示していた。

　喉《のど》の渇きを覚えてダイニングへ行けば、明かりを落とした食卓に、ラップをかけた餃子が置いてあった。リビングの方までニンニクとニラ、それにごま油の臭いが残っている。

　久仁子が移ってくるまでは、この場所は静謐で清浄な空間だった。作風と同じく、上質で洗練されていたはずだった。今や、この生活臭はどうだ。

　拓海は餃子を皿ごとダストボックスへ投げ込み、棚からバーボンのボトルを取り出すと、とくとくとバカラのグラスに注いだ。鬱屈《うっくつ》を堪《こら》え、中身を口に含んでゆっくりと呑み込む。カッと食道が燃えて、胃の腑のあたりが焼ける。堪らない刺激だった。拓海はボトルを抱え、グラスを手にして仕事場に戻った。

それから暫く、メーカーズマークとセーラム・ライトとで慰められる日々が続いた。原稿は全く進まず、床に投げ捨てた携帯電話は充電されないまま息絶えた。

「申し訳ありません」

遠くで、久仁子の詫びる声がしている。

拓海ははっと目覚めて、半身を起こした。酔い潰れて仕事場のフローリングの床で寝てしまったらしい。頭が割れるように痛んだ。

「南條はずっと仕事場に籠って執筆しています。携帯に出ないのは、原稿に没頭してるからなんです。山田さんからご心配頂いていること、本人に間違いなく伝えますので」

電話の相手は担当編集者に違いない。文芸誌の締切はもう五日、過ぎていた。のろのろと起き上がってパソコンに触れる。スリープ機能が解除されて、ワードが開かれた。やはり一文字も打ち込まれていない。拓海は虚脱して、白い画面を眺めていた。

同じだ、二年前と同じ。あの時と同じ地獄を生きている。

否、今回の方が、もっときついかも知れない。

拓海はよろよろと部屋を出た。廊下の窓一杯に射し込んだ陽が眩しくて、思わず目を覆った。

「あ、南條さん」

キッチンに立っていた久仁子は、ダイニングルームに入ってきた拓海に気付き、狼唄えた表情を隠さずにエプロンで手を拭った。

「お早う、すぐにお味噌汁を温めるわね」

テーブルには蓮根の金平、大根おろしを添えた焼き鮭、ほうれん草の白和えが並んでいる。胃液が込み上げて、拓海は顔を背け、冷蔵庫を開けた。冷えたベルギービールを一本、手に取る。

久仁子は眉を曇らせ、気を取り直すように明るい声で言った。

「新じゃがのお味噌汁、美味し――」

「要らない」

女の言葉を遮って、拓海は吐き捨てる。

「俺、そういう年寄り臭い料理は嫌いなんだ」

「えっ？　そうだったの？」

いい加減、気付いても良さそうなのに、この愚鈍な女は今初めて知ったのだろう。ゴメンなさい、とおろおろと詫びている。

プシュッと音を立てて拓海はビールの蓋をあけ、缶を傾けてゴクゴクと呑んだ。

久仁子は拓海の横顔を痛ましそうに見つめていたが、堪らなくなったのか、南條さん、と呼んだ。

「作品が書けないから、ってそんなお酒ばかり呑んじゃ駄目よ。身体を壊してしまう」

拓海は缶を口から外し、手の甲で唇を拭った。無精髭がごわごわと肌を擦《こす》って、拓海の神経をさらに苛立たせる。

「南條さん」

久仁子は再度拓海を呼び、一歩、近寄った。

「何もないところから物語を築き上げていくのだもの、その苦労やプレッシャーはすごいと思う。スランプに陥るのも仕方ないと――」

「きいた風な口を叩くな」

手の中の缶を握り潰して、拓海は怒鳴る。

「もとはと言えば、あんたのせいじゃないか」

駄目だ、それ以上言ってはいけない、と頭ではわかっていても、拓海は最早自分を制することが出来なかった。

「あんたのせいで、俺の作品が貧乏臭くなるんだよ」

斬りつけるに近い台詞を吐かれ、久仁子は両の目を大きく見開いている。

今までありがとうございました。　久仁子

そんな書き置きを残して久仁子が姿を消したのは、その日のうちだった。

ともに暮らして半年足らず、拓海が買い与えたものは何も持たず、玄関の出窓の写真とともに、昔の倹しい暮らしから持ち寄ったものだけが消え失《う》せていた。

第三章　ふたり

あれほど一世を風靡した『約束〜五月二十日生まれの君へ〜』から三年、すでに南條拓海の名を聞くことは稀《まれ》になった。文芸誌に連載していたものをまとめた短編集が一冊、刊行されたあとは新刊も出ていない。

世間は彼に代わるベストセラー作家を見出《みいだ》し、新刊書店の棚から南條拓海の作品群は全て徹収された。代わりにインターネット上の古書店では一円プラス送料で取引されるようになっていた。

久仁子はもう、図書館で本を借りることも、書店に足を運ぶこともなく、心に蓋をしたまま、この二年を過ごしていた。

「ありがとう、お蔭で温まったよ」

キツネ蕎麦の汁も残さずに平らげて、常連の老人は久仁子を見た。

いつもありがとうございます、と久仁子が笑顔を見せると、相手は皺に埋もれた目を一層ぎゅっと細めた。

「良かった、随分と元気になって」

紛れもなく自分に向けられた台詞に、久仁子は不意に胸を突かれる。常客にまで心配をかけていたのか、と思うと、情けなくもあり、また、ありがたくもあった。お蔭様で、との礼の言葉を、しかし久仁子は口にはせず、老人にそっと頭を下げた。

早番の今日は、四時まで厨房で働き、疲れた体を引き摺《ず》って帰路に就く。仕事の内容自体は変わらないのに、最近とみに応えて仕方がない。

二年前に入居した新しい住まいは、駅ひとつ向こうにあった。

五十を過ぎて単身、しかも正社員ではないため、部屋を借りるのもひと苦労で、見かねた富江の口利きで漸《よう》く入居が叶ったのだ。家主は富江の夫の親戚筋と聞いている。

京王線に乗れば良いのだが、交通費が惜しくて往復を歩くことにしていた。線路脇のフェンス越し、網を掛けられた夕映えに目を留めて、久仁子はふっと思う。

これからあと、自分は何年、生きるのだろう。

今は身を粉にして働けば辛《かろ》うじて日々の糧《かて》は得られるけれど、その先はわからない。それでも生きていかねばならないのだろうか。

――死ぬことばかり考え始めた父さんに、母さんは優しく笑って小指を差し出して、言ったんだ。「お父さん、指切りしましょう」って
ふいに父の声が耳を過《よぎ》って、久仁子は目頭をきつく指先で押さえた。

「そうね、生きなきゃね」

生かされる限りは、生き続けよう、と久仁子は自身に言い聞かせ、少しだけ背筋を伸ばして歩いていく。

線路沿いの家々に、ぽつり、ぽつりと明かりが点《とも》り始めた。クリスマスが近いせいか、ツリーの照明も瞬いている。目指す住まいはもうすぐそこだった。

棺《ひつぎ》の大きさほどのバスタブに半分ほど湯を張って、身体を沈める。追いだきは出来ないので、充分に温まると、湯の中で身体と髪を洗い、最後にシャワーで泡を流す。

もとは学生アパートだった、というワンルームは、それでもユニットバスが付いているので、久仁子には大助かりだった。

音痴の歌声も聞こえず、洗い場もないけれど、窮屈なバスタブで身を折って髪を洗う時、やはり久仁子は泣いてしまう。

孤独だったはずが思いがけず恋を得、良い齢《とし》をして浮かれて、有頂天になった。その挙句、相手を駄目にして、何もかもが終わった。

昔とは全く質感の異なる孤独が、久仁子の胸倉《むなぐら》を捉まえ、強く揺さ振り続ける。浴槽の中に立ち、シャワーを髪にかけてシャンプーの泡を流しながら、五十四歳の久仁子は子どものように泣きじゃくった。

トルルルル
トルルルル
遮光カーテンで外界を遮った部屋に、先刻から電話機が鳴り続けている。着信を告げる青い点滅が、フラッシュを焚《た》いた如くに真っ暗なダイニングを妖しく照らした。
清掃業者が掃除をしていったのは、いつが最後だったか。何かの拍子で舞い上がった埃《ほこり》が、フローリングの床にだらしなく寝そべる拓海の気管を直撃する。二つ折れになって咳き込み、喘息《ぜんそく》の発作に耐えた。

コール七回で留守番電話に切り替わる。

「南條先生、編集局長の山田です。お蔭様で、出版契約に定めた期間が一昨日を持って満了となりました。以後はどうぞ、先生のお好きになさってください」

今までありがとうございました、と突き放した声のあと、電話は乱暴に切られ、録音が完了したことを示す「ピーッ」という音が室内に響いた。

心中覚悟で担当させて頂きます——作家と編集者として初めて挨拶を交わした日、そう言って頭を下げた山田の姿を思い返す。

スランプに陥った拓海が版元の思惑通りにならない、とわかるや否や、山田はばっさりと拓海を斬り捨てた。今日の今日まで電話の一本も寄越さない、という徹底ぶりだった。

四十そこそこで山田が局長にまで上り詰められたのは、若い日の拓海の業績があればこそのはずだった。

「無慈悲なもんだな」

拓海は呻《うめ》いて、ゆっくりと半身を起こした。

久仁子に出て行かれて二年、新作を全く発表していない。

以前ならそれくらいのブランクは当たり前のように許容されていたが、今はもう誰も待ってはくれない。

原稿収入のない二年の間に、銀行残高は減る一方で、税理士が赤字を見越して何とか算段してくれたが、正直、このマンションの賃料支払いも苦しい。

否、生活が立ち行かなくなる心配よりも遥かにずっしりと重く圧《の》し掛かるのは、作家として書くべきものが何も見つからないこと、もっと端的に言えば物語を構築する気力すらも失っている、という絶望だった。

一文、一文を丁寧に綴《つづ》り、ひとの心の奥深くまで分け入っていく喜び。懸命に紡いだ作品が読み手の心に届いた、と知る幸せ。そうした光明は最早、とうに拓海を見限ってしまった。その事実が何よりも応えた。

「もう充分だ」

拓海はぼそりと洩らして、よろよろと立ち上がった。

シャッと音をさせてカーテンを開くと、冬の陽が鋭く斬り込んできて、無残な室内を容赦なく晒《さら》した。

足もとの酒瓶や空き缶を蹴散らして、システムキッチンの前に辿《たど》り着くと、引き出しを開く。二年ほどの間、触られることもないまま眠っていた包丁が並んでいた。刃渡りの最も長い、両刃の洋包丁を無造作に取り出す。

水道の蛇口をひねり、勢いよく水を出しっ放しにしてから、軽く息を吸い、刃を左の手首に押しあてた。

すっぱりと切って傷口を水の流れに晒せば、出血多量で死ねるだろう、と思った時だ。ふと、軽く拳に握った左手の、小指のあたりが光ってみえた。

——あなたは大丈夫。約束するわ
少し震える、優しい声が耳もとに帰ってきた。

久仁子の声だった。小指に絡められた久仁子の指の感触がリアルに蘇る。

古びた侘《わび》しい畳の部屋で、月に見惚《みと》れていた久仁子。

初校のゲラを胸に抱えて涙ぐんでいた久仁子。

拓海の罵倒《ばとう》を受けて、ただ息を呑むばかりだった久仁子。

久仁子が胸に溢れて、拓海は耐え切れず包丁を離し、床に突っ伏した。


JR中央線のホームから見上げるショッピングモールは、窓ガラスにサンタクロースやトナカイの模様がスプレーで描かれ、七色の電球が華やぎを添える。

薄汚いスウェットに上質のカシミアのコートを羽織った姿の拓海は、ずっと硬いベンチに根が生えたように座り続けていた。吐く息は白く、足先も冷えてかじかんでいる。

出かけるあてがあるわけではない、ただ、久仁子の匂いが色濃く蘇ったあの部屋に、身を置くことが出来なかった。

目の前を幾度も快速電車が止まり、多くの乗客を吐き出し、吸い込んで去っていく。クリスマス仕様の紙袋を抱えた家族連ればかりが目についた。

自ら望んで得て、自ら壊した幸せを想う。

ふと、寒風に乗って、ふわりと懐かしい匂いが鼻孔に届き、拓海の気を引いた。風上を振り向けば、ホームの中ほどに立ち食いの蕎麦屋があった。

「ああ、出汁の匂い……」

暖簾の下、サラリーマンだろうか、幾人もの男たちの足が覗いていた。底冷えのするホームで、そこだけが妙に温かそうに見える。

そういえば、駅蕎麦を食べたことがなかった。久仁子を探しあてた時も、券売機で券を買っただけで、結局は食べず仕舞いだったのだ。

右手をコートのポケットに突っ込んでみれば、小銭に混じって札の感触がある。

拓海は重い腰を上げて、蕎麦屋に向かった。

「はい、かけ蕎麦、お待ちっ」

ずるずると蕎麦を啜《すす》る客を掻き分けて、カウンターに食券を置くと、ものの一分もしないうちに、湯気の立った丼が差し出される。濃い出汁に、少量の葱の緑が鮮やかだった。

「お客さん、ここ、渡し口なんで」

いつまでもそこに突っ立っていては邪魔だ、とばかりに若い店員に言われて、拓海は両手で丼を持ったまま、後ろへ下がった。入口近くの、小柄な老人の横にスペースを見つける。目礼すれば、老人は少し横にずれて、拓海が入り易いようにしてくれた。

酒浸りの生活を送るようになって二年、まともに食事を取ることは少なかった。柔らかな湯気が鼻先まで届いて、拓海は久々に空腹を覚えた。

割り箸で麺を掬《すく》い、ゆっくりと口に運ぶ。茹で過ぎの、腰のない安っぽい麺だ。続いて濃い色の出汁を啜る。熱を持った汁が胃の腑へ収まると、何とも言えず身体が温まった。ホッ、と意図せず大きな溜息が拓海の口から洩れた。

隣りで同じくかけ蕎麦を食べていた老人が、湯気で曇った眼鏡越しに、拓海を柔らかく見た。

「寒い時には何より温《ぬく》もりますなあ」

口から湯気を零《こぼ》して、老人は拓海に笑いかける。相槌《あいづち》を打たない拓海に気を留める風でもなく、老人は丼を斜めにして汁を最後の一滴まで干して、徐《おもむろ》に箸を離した。

「今日は良い日でした」

ポケットティッシュを一枚取り出して口を拭うと、老人は問わず語りに続ける。

「ふた月に一度の年金支給日でしてね。生活費を引き出して、女房の墓へ参《まい》り、帰りにここの蕎麦を食べるのが、ささやかな贅沢なんですよ」

街なかで配布されていたと思しきポケットティッシュを大事そうに仕舞うと、ご馳走さま、温もったよ、と店員に声をかけ、老人は暖簾を捲る。毎度どうも、と店員の声が老人の背中にかけられた。

たとえ倹しくとも、懸命に生きるひとびとの息遣いが、この場所にはあった。

――南條さんの小説は、素晴らしいのよ。声高に励ますわけじゃないし、あざとく泣かせにかかるわけじゃない。でも読んでいると泣いてしまうし、もう少し頑張ってみよう、と思わせてくれるの
拓海の作品を評した、久仁子の温かな声が聞こえる。

違う、そうじゃない、と拓海は丼に視線を落とし、ぐっと奥歯を噛み締める。

何も知らなかった。

日々を生きるひとびとの苦しみ、悲しみ、喜び、それらを知っている気になっていた。何て底の浅い物書きだったのだろう。

深みのない物語を、しかし読み手は自分に重ねて掘り下げ、経験で補い、各々の鉱脈を見つけてくれていた。それを書き手としての力量だと錯覚していたのだ。

——あんたのせいで、俺の作品が貧乏臭くなるんだよ

久仁子に投げつけた台詞が、刃《やいば》となって拓海自身を斬りつける。

苦労を重ねて生きてきたひとを、何という心ない言葉で罵《ののし》ったことだろう。

深い愛情を抱き、信じていた相手から、そんな言葉を投げつけられて、久仁子はどれほど傷ついただろうか。

何よりも久仁子に謝りたい。

そして、もしも許されるなら、今度こそ、その心に届く物語を描きたい。

泥臭くて良い、みっともなくて良い。生き辛い人生を行くひとびとの心に届く物語。そんな物語を、書き続けていきたい。

丼を持つ拓海の腕が震え始めた。洩らすまいとしても、嗚咽《おえつ》が洩れる。堪らなくなって、拓海は丼を置くと暖簾の外へと飛び出した。丁度、新宿行きの快速が

発車しようとしているところだった。

「じゃあ、久仁ちゃん、悪いけどお先にね」

着替えを終えた富江が、両手で髪を撫でつけつつ、こちらを覗いている。

十二月十五日は富江の誕生日で、久々に夫婦そろって夜行バスで京都に旅行に行くのだという。

「あとは任せて。それより楽しんできてね」

背伸びして暖簾を外そうとしていた久仁子は、手を止めて、明るい声で応えた。

夜九時を回り、忘年会帰りのほろ酔い気分の勤め人たちが、途切れることなく駅の改札を通過してくる。改札を出れば寒風に晒され、つい、湯気が恋しくなるのだろう。何人かが足を止め、久仁子が暖簾をおろす様子を無念そうに眺めた。

「シメにここの蕎麦を食いたかったんだが」

幾人かに請われ、相済みません、と丁寧に詫びるうち、改札を通る乗降客は一旦、途絶えた。

暖簾を内側に終って、自動ドアの電源を切り、ロールカーテンをおろそうとした時だ。

ガラス戸の向こうに、誰かが立っているのが目に映った。表の照明を消してしまったため、上半身は暗くて見えない。

せっかく来店しようとしてくれたひとを無視することが久仁子には出来ず、終業を詫びようと、慌てて手動でドアを半分だけ開いた。

「相済み……」

口上の途中で、久仁子は声を呑む。

ぼさぼさの髪、伸びた無精髭、前髪の間から、目尻の泣き黒子が覗いている。

あたかも時間が遡《さかのぼ》ったかの如き風貌の、南條拓海がそこに立っていたのだ。

「蕎麦を」

男は、必死に声を絞り出す。

「蕎麦を食べさせてください」

「……もう、閉店しましたので」

掠《かす》れる声で応え、すぐに中に戻ろうとする久仁子に、拓海は深々と頭を下げて懇願する。

「お願いです。蕎麦を食べさせてください」

ひと目で、身も心も疲れ果てているのが見て取れた。そう、初めて踏切で会った時のように。

長い逡巡のあと、久仁子は黙って身体をずらし、男に眼差しで店の中を示した。

厨房の隅の照明を残して、あとは明かりを落とした店内。廃棄処分にする予定の食材容器から材料を取り出すと、片手鍋に出汁を沸かし、手早く一人前の蕎麦を温める。

天かすと蒲鉾、それに刻んだ葱を載せると、久仁子は男に湯気の立つ丼を差し出した。

「冷やしタヌキは、冬場はやってなくて」

女の台詞に、拓海の双眸《そうぼう》が微かに潤う。

久仁子を探してこの店に来た時、券売機で買ったのが、冷やしタヌキの食券だった。覚えていてくれたことが、妙に胸に迫った。

丼を挟んで、しかし、ふたりは互いに無言だった。

拓海は器を慈しむ手つきで包み込み、汁を吸い、麺を啜る。鼻水が出て、スウエットの袖で乱暴に拭うと、旨いなあ、と声が口を突いて出た。

「もっと早く、この蕎麦を食べておくべきだった」

丼の中身に目を落として、僅かに躊躇ったあと、思い切った口調で続ける。

「傷つけたこと、ゴメン」

カウンターの奥で俯いたきり、動かなかった久仁子の両肩が僅かに後ろに引かれた。拓海は目を伏せ、淡々と、しかし悔いと謝意とを込めて打ち明ける。

「君との約束のお蔭で、何とか生きている」

ありがとう、と結んで、拓海は再び箸を手にして動かし始めた。

暫くは、ずずっ、ずずっ、と麺を啜りあげる音が続き、やがてそれも絶えて丼が戻された。ポケットから小銭を出し、空の器の脇へきちんと並べて置くと、男は、ごちそうさま、の声を残してカウンターを離れる。

ロールカーテンを潜り、閉じてあった扉を再び開いて、男は店を出て行った。

駅前通りの賑《にぎ》やかなクリスマスソングがドアから店に雪崩《なだ》れ込んで、久仁子を我に返らせる。

久仁子は弾かれたようにカウンターを離れ、通用口から表へと飛び出した。

駅の改札ではなく、商店街の方へ向かっていく男の後ろ姿を見つけて、久仁子は叫んだ。

「待って！」

女の声に男は足を止め、振り返った。

男の方へと歩み寄ると、久仁子は震える声で尋ねる。

「今でも……今でも、お正月は嫌い？」

拓海は身体ごと女の方へ向き直り、ああ、と頷いた。

「……君が居なくなって一層、嫌いになった」

久仁子の両の瞳に、涙がうっすらと膜を張った。それを悟られまい、と無理にも笑顔を作る。

「私も、髪を洗うと泣いてしまって……。約束、守れていないわ」

笑ってみせたつもりが、涙が溢れて頬を伝い落ちる。

久仁子を見つめる拓海の瞳も、徐々に潤みはじめた。拓海は両の手を伸ばすと、久仁子の腕を躊躇《ためら》いがちにそっと掴んだ。

齢を重ねてますます不器用になった男と女は、相手にかけるべき言葉を探しあぐねて、ただ静かに抱《いだ》き合う。

立ち並ぶ駅ビルの隙間から、青い半身の月がふたりを覗き見ていた。

背中を押すひと

JRがまだ「国鉄」だった頃、俺は十九で家を飛び出した。

二度とは戻らぬつもりだった。

長い坂道を一気に駆け上がると、鉄橋を渡る列車が見えた。鉄橋の背景には、薄雲を纏《まと》った浅春の淡い空。藍色を湛えた幅広の川に、鉄橋と空とが逆さ映しになっていた。

郷里の景色を眼の底に焼きつけたあの日から、この春で十一年――。

花園神社の裏手には、古めかしい木造長屋が密集している。

新宿ゴールデン街、との異名を持つ一帯は、殆どが飲食店なのだが、煮炊きのものではない、体臭の入り混じった雑多なにおいが漂う。

日中は不気味に静かで、全てが淀んで見える。

だが、灯点《ひとも》し頃ともなれば息を吹き返し、通りにはみ出した看板やら提灯やらで、各店ごとに強い自己主張を始める。

界隈は数年来、バブルの地上げで何かと不穏だったが、最近は随分と落ち着いている。元号が昭和から平成へと変わり、十日ほど先に大喪の礼が予定されていることも響いているのだろう。葬列が向かう予定の新宿御苑は、ここからあまり離れてはいなかった。

そのショットバーは、周囲の店とは異なり、看板もネオンもない。塗料の剝げた扉に、「OPEN」と記された札が掛かるだけだ。

五人も入れば一杯になる店内に、今は客がひとりきり。カウンターに陣取り、スーパーニッカのお湯割りを大事そうに呑んでいる。立春はとうに過ぎたが、震え上がるほどに寒い夜だ。

バーテンダーの時彦《ときひこ》は、グラスを磨きながら、カウンター越しに客の様子を気にかけている。

ひとり客は、時彦の友人の秀治《しゅうじ》で、付き合いはもう二十年近い。秀治がわざわざ店へ顔を出すのは、とても珍しいことだった。

幾度か腕時計をちらりと見たあと、秀治はグラスを大きく傾ける。半分残っていた中身を一気に干して、ほっと緩んだ息を吐いた。

「お陰で温まったよ」

二杯目を作るべく空のグラスに伸ばされた時彦の手を、秀治はやんわりと押さえる。

「トキ、俺、今夜はもうご馳走さん」

「一杯だけとは、つれないな」

バーテンダーに言われて、同い年の客はほろりと笑い、椅子を下りた。

「どうにも落ち着かなくてなぁ。やっぱ俺たち、どっちかの部屋で、ままかりでも肴に腰を据えて呑むのが、性に合ってるよ」

ままかりは、ふたりの郷里の味だった。秀治の母親から送られてくるものを、時彦もたまに相伴に与かっていた。

そうか、と応じて、時彦はスーパーニッカのボトルを棚に戻す。そして、徐《おもむろ》に友の方へと向き直った。

「わざわざ店に来たのは、何か、俺に話があったからだろう？　帰る前に話していけよ」

時彦に促されて、秀治はもう一度、高椅子に座り直した。

「実は、今日、会社に」

神妙な顔つきで、秀治は語調を改める。

「ミッチから電話があった」

秀治が「ミッチ」と呼ぶのは、時彦の知る限り、ただひとりだった。

「路《みち》から？」

知らず知らず、時彦は身構える。

「あいつ、何て？」

「お前の住所を聞かれた」

「教えたのか？」

重ねて問われ、秀治は「ああ」と頷いた。

「ほかでもない、お前のひとりきりの妹じゃないか」

友の台詞が、時彦の記憶の底を浚《さら》い、静止画にも似た一瞬の情景を浮かび上がらせる。

あの時。

そう、十一年前、坂の下にいた妹。

両の瞳に激しい怒りを滾《たぎ》らせ、時彦を睨んでいた路。

封印して、二度と思い出すまいと努めていたはずだった。

だが、今、その場にいるような鮮やかさで過去の記憶が迫る。妹の眼差しが矢じりとなって、時彦の胸に深々と突き刺さった。

「なぁ、トキ、会ってやれよ」

カウンターに両の前腕をぺたりと置いて、秀治は軽く身を乗りだす。

「お袋から聞いたことだが、ミッチ、本当に頑張ってんだぞ」

黙り込む時彦に、秀治は説得を試みるつもりらしい。店内は充分に暖房が効いているはずなのだが、時彦にはどうにも寒々しかった。

午前中に劇団に顔を出して、次の舞台で使う道具類の打ち合わせを済ませる。阿佐谷に戻った時には、午後三時を回っていた。

商店街を通り抜け、最後のコンビニを過ぎたところで、昼食を食べそびれたことを思い出す。戻って食べ物を調達する気にもなれなかった。

一昨日、秀治から話を聞かされて以後、何となく落ち着かない。

妹が兄と連絡を取りたがっている、という事実。その理由は何か、兄の住まいを知った妹がどう出るか。ぼんやり考えながら、ポケットに手を入れて、アパートの鍵を探していた時だった。

あの、という呼びかけを耳にした。

振り返ると、若い女がひとり、自動販売機の陰に隠れるようにして立っていた。二十代半ば、ショートコートにブーツ姿。通行人役の手本の如き凡庸な着こなしの女を、時彦はしげしげと見た。

奥二重で黒目勝ちの両の眼、ちんまりした鼻。少し大きめの口もと。白粉《おしろい》気のないせいか、昔の面影がちゃんと残っている。人混みと知らない場所が苦手な、内気で臆病な少女だった頃の面影が。

時彦は軽く息を整え、腹を据えて呼ぶ。

「路、だな」

名を呼ばれて瞠目《どうもく》すると、相手は唇を真一文字に結んだまま、時彦に向かってゆっくりと頷いた。

電気炬燵のほか、家具らしい家具はない。

簞笥《たんす》代わりの収納ケースが積み上げられ、畳には広げた新聞紙。そこに糸鋸《いとのこぎり》と金槌《かなづち》と曲尺《かねじゃく》が並ぶ。太さや長さの違う釘は同じ向きに揃えられ、紙箱に納めてあった。

殺風景な部屋で、十一年ぶりに再会した兄妹は、黙って向かい合っている。マグカップのインスタントコーヒーは、とうに冷めていた。

かつて仲の良かった兄妹も、今は下手な他人より遠い存在に思われる。互いに距離を埋めかね、言葉を探しあぐねていた。

「あまり驚かないのね」

沈黙に耐えかねたのか、路は視線を合わせないまま、口を開く。

「突然、訪ねてきたのに」

ああ、と時彦はマグカップから唇を離した。

「お前から電話があったこと、秀治から聞いていた」

「そう」

再びの沈黙が訪れて、今度は時彦がそれを破った。

「お前、医者になったんだってな」

「まだ研修医よ」

初めて、妹は真っ直ぐに兄を見た。

「何故、知ってるの？」

「それも秀治に聞いた」

兄の返答に、そうなの、と吐息交じりに応じて、妹は俯いた。

地元の国立大学の医学部に進んで医師免許を取り、同じ大学の附属病院で働いている、と秀治に聞いていた。来月、妹は二十六になるはずだった。お袋に似ていたんだな、と時彦は妹の面差しをぼんやり眺めていた。

――時彦、いけん、行ったらいけん
十一年前、出て行こうとする息子を懸命に止めた母の声が、耳の底に蘇るようだった。

あれは路の高校入試の合格発表の日だった。

優秀な妹は、滑り止めなしに第一志望の県立高校のみを受験していた。緊張で青ざめた妹を連れて、母は発表を見に出かけた。吉報を待つその大事な朝に、時彦は父親と遣り合ったのだ。

十一年経った今、何がきっかけだったか、正確には思い出せない。相手の仕草が癪《しゃく》に障《さわ》ったとか、態度が気に入らなかったとか、そんなどうでもいいようなことが発端だったのだ、多分。

些細な口論は次第に激しさを増して、歯止めが利かなくなった。父親に対して言ってはならない言葉を口にしている、という自覚も、時彦にはあった。浪人生だった時彦は、二週間前に発表のあった私大に落ちていた。それも無理からぬ話で、この一年、受験勉強に身を入れた覚えがない。予備校に行く振りをして映画館へ入り浸り、勉強する振りをして脚本を読み漁っていた。

時彦は、役者になりたかった。

きっかけは、高校生の時に映画館で観た一本の洋画だった。主役の演技にのめり込み、作品を見終えた時、暫く放心して座席から立ち上がれなかった。何時しか、どうすればあの世界へ行けるか、そればかり考えるようになっていた。

若さゆえの傲慢さで、あらゆる成功が己の足もとにゴロゴロ転がっている、と信じて疑わない能天気な息子。対して、十二歳で終戦を迎え、貧しさゆえに進学を断念、国鉄に入って以来、黙々と線路の上を走り続けた父親。

運転士として十年、それから助役。以来、ずっと助役。後から入った者が次々と自分を越えて行く。駅長になるのは大半が年下の大学卒業者で、助役である父はその女房役だった。

「聞きょおるか（聞いているのか）、時彦、学歴のない奴はおえん（駄目だ）。何をやっても、おえりゃあせんのじゃ」

ぐうたらな息子に対して溜まりに溜まっていた不満が、父の口をついて出た。

「わしがお前くらいの頃、喉から手が出るほど欲しかった環境が、当たり前のようにここにある。それやのに、何で身ぃ入れて勉強せんのじゃ」

「やめてくれ。親父が助役どまりなんは学歴のせいと違う、駅長になるだけの器が端からなかったからじゃろ」

言い終えるか否かのうち、パンッと頬が鳴った。

「それが親に向かって言う台詞か」

あとはお定まりの、出て行け、ああ出て行く。

あの時、妹や母親が戻ってさえ来なければ、もしかしたら、そのあとの展開はなかったのかも知れない——ふと、そんな考えが浮かんで、時彦は己の身勝手を苦く笑った。

「コーヒー、淹れ直そう」

妹の返事を待たずに、兄はマグカップをふたつ手にして流しに立った。

器に残っていた中身を捨てて、軽く濯《すす》ぐ。やかんに水を足して火にかけた。湯の沸くのを待つ間に、そっと妹の様子を伺う。

壁に一枚だけ貼ってある洋画のポスターを、路は所在無げに眺めていた。

その『女と男の名誉』という邦題の映画は、特に好きな作品、というわけではない。ただ、主演を務める役者こそ、時彦を芝居の世界に取り込んだ人物であった。下積みが長かったが、三十を過ぎて役に恵まれ、以後、年々演技の幅を広げる名優だ。

「で、どうしたんだ、突然」

妹の気をこちらに向けるべく、時彦は声を張った。

黙ったままの妹の前に、兄は熱いコーヒーを置く。そして、炬燵に座り直すと、自分もマグカップに口をつけた。

炬燵以外に暖房のない部屋を、コーヒーの温かな湯気が満たしていく。それぞれの思いの交錯するちぐはぐな再会ではあるが、兄妹ともに本題と向き合う心づもりが整いつつあった。

両の掌でカップを包み込んで、路は思い切った体で告げる。

「一度、家に戻ってほしいの。一週間……二、三日、ううん、たとえ一日だっていいから」

お願い、戻って、と妹は乞うた。

懇願でありながら、拒むのを許さない切迫感が漲《みなぎ》っていた。

十九だった自分が、今は三十。両親とも、若いままではない。数日来、脳裡に浮かぶ度に打ち消していた悪い予感が、すりすりと時彦に擦り寄ってくる。

「何かあったのか」

変に声が掠れていた。

妹は浅く息を吸うと、

「お父さん、癌なの。すい臓癌」

と一気に告げた。

部屋の空気が薄くなる。

時彦は息を詰めたまま、間違いないのか、と尋ねた。

深く頷いてみせてから、路は視線を逸らす。

「大分、悪いの。発見が遅れてしまって……」

「何だって」

不意に、時彦の頭にかっと血が上った。自分でも感情を制御できない。

「何やってたんだよ、路、お前、医者なんだろ。傍で見ていて、何で気づかなかった。何が『発見が遅れて』だ」

八つ当たりだとわかっていた。自分でも「しまった」と思ったが、後の祭りだった。

兄の激昂に驚き、路は大きく両の肩を引いた。一呼吸おいて、そのあまりに理不尽な台詞に、小刻みに身を震わせる。

「家を飛び出して十一年、好き勝手な生き方をしてきたあなたが、私にそんなことを言うの。電話一本、ハガキ一枚寄越さなかったあなたが」

辛うじて封じ込めていたはずの怒りが、兄の心無い一言で弾けたに違いない。

「そんなことが言えるの」

両親がどれほど胸を痛めていたか、一度でも考えたことがあったのか。妹を責める資格があるのか——十一年前と同じ怒りに燃え立つ眼が、妹の胸のうちを如実に伝えていた。

「合格、合格したよ、お兄ちゃん！」

だんだんだん、と階段の踏み板を蹴るリズミカルな音に混じって、妹の大きな声が響く。

「お兄ちゃん、居るんでしょ？　私、受かったんだよ」

高校入試の合格発表を見て来た妹が、吉報を知らせるべく兄の部屋に飛び込んできた時、時彦はスポーツバッグに洋服や脚本の類を詰めているところだった。

階下で、一緒に発表を見に行った母の「本家にも報告せんと」という明るく弾んだ声と「わしが電話するけぇ」と応じる父の声がしていた。

「お兄ちゃん」

異変を察した路は、兄の腕に縋りついた。

「何しよるの」

妹に腕を摑まれながらも、時彦は黙々と荷造りを続ける。

「お兄ちゃん、お兄ちゃんて」

「うるさい！」

路の腕を振り払い、時彦はぱんぱんに膨らんだバッグのファスナーを無理やりに閉めた。

兄の尋常でない様子に路は怯え、階下へと知らせに走る。

「時彦、いけん。行ったらいけん」

粗方《あらかた》の事情を悟った母が、玄関を出ようとする息子のスポーツバッグに手を伸ばした。

持ち手をしっかりと両手で握り、懸命に引き留めにかかる。何処にそんな力が潜んでいたのか、と思うほど、小柄な母親は渾身の力を振り絞った。

息子は息子で、母親をずるずると引き摺ったまま外へ出る。狭い庭を抜け、門扉を開けて、表へ。

騒ぎを聞きつけて、父が飛び出してきた。

「邪魔じゃけぇ」

手を離そうとしない母親に業を煮やし、時彦は相手を突き飛ばしてバッグを捥ぎ取った。

「あっ」

短い声を発して、母はよろめき、門扉の角で頭を打った。

鮮やかな赤い血が、パァッと飛び散る。ほんの一瞬の出来事だった。

しまった、と思った。

「和子《かずこ》」

「お母さん」

父と妹とが、母に駆け寄って抱き起こす。意識は失っていない。ただ、出血が多く、夥《おびただ》しい鮮血が辺りを真紅に染める。

心は残ったが、もう引くに引けなかった。重いバッグを肩に担いで、時彦はそのまま坂を駆け上がった。

急な坂を上りきった時、一度だけ振り返った。

倒れた母を、血塗れで介抱する父。救急車を呼ぶためか、家の方へ駆けだそうとする妹。刹那《せつな》、その妹がこちらを見た。

信じがたい、という面持ちは、しかし、兄が戻る意思も、母を助ける意思も持たないのを認めた瞬間、激しい憎悪へと変わった。

まるでフラッシュでも焚いたように、その情景は時彦の胸に焼き付けられた。

「済まない、路。俺、気が動転して」

三十路になった兄は、炬燵から出て姿勢を正し、深々と頭を垂れる。

「路の言う通りだ。俺にお前を責める資格はないよ。本当に悪かった」

志望校合格の輝かしい日を、一転して悪夢の一日に変えてしまった。それだけではない、十一年の間、両親を支え、頑張り続けた妹に対して、何という言い草か。十九の時から少しも成長していない。己の短慮につくづく嫌気が差す。

何もかもを詫びるべく、時彦は額が畳につかんばかりに平伏した。

暫くの間、妹は無言を通したが、やがて、ふうっ、と溜息をついた。

「顔を上げて」

促されて、兄は背筋を伸ばして妹を見た。

「こっちも取り乱してしまったわ。恨みごとを言うために、東京まで出てきたわけじゃないし」

負の感情は消えずとも、兄妹の間に、確かに十一年の歳月が流れていた。怒りに任せて袂を分かつより、何らかの糸口を探りたい、との思いは共通だった。

「ともかく、一度、戻ってほしいの」

妹の言葉に、兄は腿に置いた手をぐっと拳に握り締める。

怪我を負わせた母親。病を得た父親。十一年、音信不通だった自分。

「親父とお袋に謝れ、ってか……」

「ええ。でも、それだけでは足りない」

炬燵を出てきちんと座り直すと、妹は徐に切りだした。

「おう、トキ」

マンションのドアを細めに開けて、秀治が顔を覗かせた。

真夜中の訪問者が竹馬の友と知って、大きく扉を開き、中へと招き入れる。

「いい所へ来た。さあ、上がれ上がれ」

二か月後に結婚を控えた男の部屋は、荷詰め途中の段ボールで埋まっていた。

「もう荷造りしてんのか。気が早いな」

「新居の手続きも済んでるし、早めに荷物を移しておこうと思ってな。嫁さんのあとじゃあ、収納スペースも厳しくなるだろうから」

ワンルームの片隅に、天地を返した箱がテーブル代わりに置かれている。そこに、電子レンジで温めたらしい豆腐、ポン酢の容器、それに缶ビールが並ぶ。

「荷造りがイヤになって、ちょっと呑んでたんだ。付き合えよ」

段ボールを押しやって、時彦の座る場所を確保すると、秀治は冷蔵庫からビールのロング缶を取ってきた。

缶を開けようとする秀治の手を、時彦はさっと押さえる。

「秀治、頼みがある」

フローリングの床に正座して、時彦は両の手をついた。

「三十万、貸してもらえないか」

「唐突だな、二十万か」

出し抜けの無心に、相手は軽く目を見張る。

父親の転勤に伴い、秀治一家が近所に引っ越してきたのは、小学六年生の時だった。以来、長い付き合いになる。ふたりの間で、これまで、あからさまな金銭の貸し借りは一度もなかった。

時彦と違い、秀治は大学卒業後、大手の印刷会社に就職して堅実な人生を歩いている。巻き込みたくない、という意識はあった。同僚との結婚を控えて出費が嵩《かさ》んでいるだろうこともわかっている。

それでも、秀治のほか、頼める相手が誰一人いない。

「明日でもいいか」

ぷしゅっと音をさせて開栓した缶ビールを、秀治はテーブル代わりの段ボールに載せる。

「明日は日曜だから、郵便局のキャッシュディスペンサーしか使えない。確か、朝九時からの扱いだ。それで良ければ」

全く迷うことなしに「諾」の返事を寄越す友。しかも、何の理由も聞かず、責めることもしない。

「済まん、秀治、済まん」

　ほかに言葉が見つからず、時彦は頭を下げ続けるしかなかった。

温奴に、急きょ、コンビニで調達した煮玉子とポテトサラダ、さきいかが加えられる。酒はビールから焼酎のお湯割りに変わっていた。

「芝居？」

湯飲みにポットの湯を足しながら、秀治は首を傾げる。

「お前に『芝居をしろ』ってか」

ああ、と時彦は吐息交じりに頷いた。

「東京で一旗揚げて故郷に錦を飾る――そんな一世一代、孝行息子の芝居をしろ、だと。『役者になるために家を飛び出したくらいだから、それくらい出来るでしょう』ってな」

「そ、それは……」

　ポットを傾ける手を止めて、秀治は呻く。

「ミッチも古いなぁ。時代は平成に突入したってのに、今さら『故郷に錦を飾る』もないだろうに」

どうするつもりか、と友に問われ、時彦は「わからん」と頭を振ってみせた。

「ただ、帰ることは帰るつもりだ。十一年の間、心配をかけたのは確かだし、親父には金を返しておきたい」

「ああ、あの時の金か、例の」

確か五十万だったな、と秀治が懐かしそうに言った。

十一年前、家を飛び出した時彦は、有り金を叩《はた》いて東京までの乗車券を買い、一年前から大学生として下宿生活を送っていた秀治のもとへ転がり込んだ。時彦には内緒で、秀治が無事を知らせたのだろう。一週間ほどして、その下宿先に、時彦宛ての現金書留が届いた。中に、五十万円の現金が入っていた。

――子供が二十歳になるまでは、親の責任だ。大学の入学金として用意していた金だが、人様の迷惑にならぬために使いなさい。志を立てて家を捨てる以上、戻ることは許さない
数行の短い手紙が添えてあった。

こんなもの受け取れるか、叩き返してやる。そうは思ったものの、何時までも

秀治に甘えるわけにもいかず、衣食住を何とかせねばならない身。一枚、二枚、と使ううち、何時の間にか無くなっていた。

「自力で五十万、耳を揃えて返せたらいいんだが、どうにも二十万、足りない」

苦そうに焼酎を啜って、時彦はあまりの不甲斐なさに顔を歪める。

劇団から支給されるのは僅かな日当のみ。メインの収入はバーテンダーとしての時給で、食べていけてはいるが、決して楽ではない。己で選んだ人生だから、不平不満を洩らす気はないが、今回のような事態は頭から抜け落ちていた。

「なぁ、トキ」

ポットを傍らに置き、秀治は口調を改める。

「何も錦まで飾る必要はないだろうが、東京で、好きな芝居に関わって、ちゃんと暮らせてることは、自分の口から伝えろよ」

親なんてそれだけで安心する生き物なんだからさ、と秀治は言い添えた。

「『芝居に関わってる』と言ったところでなぁ」

自嘲気味に呟いて、時彦は目を伏せる。

上京した翌年に、大手劇団の研究生となり、芝居の基礎を学んだ。

その後は、どれほどオーディションを重ねても、端役以外にありつけることはない。才能のある後輩たちが、次々と大役を射止めるのとは対照的だった。役者として芽の出ないうちに、手先の器用さを買われて、大道具作りなどの裏方を任されるようになっていた。

「昔は、親父に共感することなんか一ミリもなかった。けど、十一年経って、ひとから追い越されてばかりいるうち、やっと……」

あとは言わずに、時彦は湯飲みの中身を呑み干した。

空の湯飲みに、秀治は黙って焼酎をなみなみと注ぐ。

生《き》の焼酎に口をつけて啜ると、喉の奥がカッと焼けた。次第に胸が詰まり、視界が潤み始める。湧き上がる感情をぐっと堪えて耐えようとしたが、無駄だった。

「国鉄が」

声が揺れるのを自覚しつつ、時彦は続ける。

「二年前に解体しただろ」

「ああ、二十五兆円の借金を背負ってな」

よく覚えてる、と秀治は頷いた。

親父は、と言ったあと、咳払いを二度ほどして、時彦は声を整える。

「親父のやつ、依願退職を断って、系列業務に回されてたんだ。一体、何をしてたと思う？」

問いかけられて、秀治は「さぁ」と首を捻った。

時彦の父が長年、助役を務めていたのは秀治もよく知っている。系列業務と言われても、ぴんと来ないのは無理もなかった。時彦自身もそうだったのだ。

「親父な、駅のホームで焼き鳥、焼いてたんだ」

予想外の回答に、秀治は狼狽を隠せない。

「焼き鳥、いいじゃないか、俺は好きだよ」

友の気持ちを何とか引き上げようとして、口をついたひと言に違いなかった。

秀治の言葉に、時彦は「あんごー（バカ）」と低く応じた。

妹からその話を聞かされた時から、時彦は、苦しくて苦しくてならなかった。

国鉄に惚れていた親父。

心の底から国鉄に惚れて、その一員であることに誇りを抱いていた、親父。

おとうさん、でんしゃすき？

ああ、だいすきじゃ。おとうさんは、でんしゃをうごかしとうて、ここではたらいているんじゃけ。

駅のホームで、制服姿の父に抱き上げられて交わした会話が、鮮やかに蘇る。

父の国鉄への思い入れは、戦時下の頃からだった。

岡山の外れに縁故疎開していた父は、寂しくなると、ひとり、鉄路を眺めたという。母親や幼い妹たち家族が暮らす大阪。恋しい郷里へ続く線路を見て、慰めを得たと聞く。

岡山市は激しい空襲により壊滅状態となったが、疎開先は被害を免れた。しかし、父親は戦死、終戦前日の京橋駅空襲で残る家族の消息も不明となり、十二歳だった父は、以後も親戚のもとで育てられたのだ。父にとっての国鉄は、自分と故郷とを繋ぐ唯一のものだった。

膝に置いた手を拳に握って、時彦は前のめりになった。

「焼き鳥を焼くことが、つまらない仕事だと思ってるわけじゃない。そうじゃない、そうじゃないけぇ」

目の前に、自分の欲する世界が広がっている。それなのに、まるで透明なガラスの壁でもあるように、向こう側へは行けない。

駅のプラットホームで、人いきれや鉄粉、発車ベルやアナウンス、そんなものに囲まれていながら、親父は運転士でも助役でもない。それでも、そこを離れられずにいる――。

父親の、丸めた背中が見えるようだった。

劇団に所属しながら、スポットライトを浴びることなく、黙々と大道具を作ることしか出来ない。そんな己の姿と父とが鏡映しになり、耐えきれずに、時彦は折った肘で顔を押さえる。

時彦の話に耳を傾けていた秀治は、焼酎を自分の湯飲みに注ぎ、湯で割らずに静かに呷《あお》った。


がらがら、とストレッチャーが賑やかに傍らを過ぎる。

点滴棒を引っ張る軽い音、ひとの足音。周囲には意外なほど音が溢れていた。

建て直して間もないのだろう、入院病棟は、壁も床も塗装が艶やかで明るい。大きな窓から、暖かな陽射しが廊下に溢れる。抱いていたような、薄暗く陰気な病院のイメージとは随分と異なっていた。

看護師の詰め所に近い個室の扉には、「佐原《さはら》 平蔵《へいぞう》」と書かれたネームプレートが貼ってある。

ノックしようと上げた手を止めて、時彦は気持ちを整えた。

——ご本人にも、お母様にも、告知はしていません。佐原先生、否、妹さんの強い要望ですので

先ほど訪ねた主治医の言葉を、時彦は胸のうちで繰り返す。

もって、一か月。

見え見えの嘘はつけないし、つきたくない。

ただ、安心をさせたいだけだ。

時彦の耳もとで、開幕ベルが鳴り響く。

こんこん、と軽く扉を叩くと、返事を待たずに、自らゆっくりと引戸を開いた。

八畳ほどの部屋、こちらに背を向けて立っているのは母だ。引かれたカーテンの隙間からベッドが覗いている。

てっきり看護師が入って来たと思ったのだろう、洗面所で楽飲《らくの》みを洗っていた母親がおっとりと振り返った。

革製の旅行鞄を下げた男を認めて、母親は一瞬、きょとんとする。

「母さん」

呼びかけられて、男の正体を知った母の手から、楽飲みが落ちた。

プラスチック製のそれは、ころころと転がり、時彦の足もとで止まった。腰を

屈め、左手で拾い上げる。

我に返った母親が、「お父さん」と短く叫んで、カーテンに手を掛け、さっと引いた。

「お父さん、時彦、時彦が」

妻の震え声に驚いたのだろう、パジャマ姿の病人は、枕から頭を持ち上げてこちらを見た。

土気色の顔、こけた頰、くぼんだ両の眼。五十六のはずが、もっと老いて弱々しい。

時彦は鞄を床に置き、ベッドの傍へと歩み寄る。楽飲みをサイドテーブルに載せると、両親を交互に見やった。

「父さん、母さん、長い間、ご心配をおかけして、本当に申し訳ありませんでした」

ゆっくりと丁重に詫び、時彦は両親に向かって深く頭を下げた。

ふたりとも押し黙り、室内を緊迫した空気が包む。やがて、母の啜り泣く声が洩れてきた。

時彦、と母が息子の名を呼び、その腕を摑んだ。時彦、時彦、と長い不在を埋めるように、その名を呼び続ける。

顔を上げて母を見れば、年を重ねて少し垂れた目から、ぼろぼろと涙を零していた。

慈しむように、時彦は母の手に自分の掌を重ねた。

「何しにきた」

弱々しい口調で言って、父は息子に険しい眼差しを向ける。

「あの日のことを謝りに」

目を伏せて答えたあと、視線を上げて、時彦は父を見た。

「それに、何とか希望通りに役者として一本立ち出来ましたから、その報告もしようと思って」

「路に頼まれたんか」

父の問いかけに、いいえ、と息子は頭を振る。

「何で、わしの入院を知ったんじゃ」

重ねての問いを受けて、

「秀治に教えてもらいました」

と、時彦は平らかに答えた。

まぁ、秀ちゃんが、と母親は呟く。

家が近いこともあり、時彦の母は、秀治の母と今も親しくしている。話に綻びはなかった。

時彦はジャケットの内ポケットに手を入れて、少し厚みのある封筒を取りだした。

「父さん、これを」

手を差し伸べて、掛け布団の上に封筒をそっと置く。

「何じゃ」

「五十万。あの時は、これのお陰で本当に助かりました。返そう、返そう、と思いながら、今日になってしまって」

ありがとう、父さん、と時彦は心を込めて謝意を伝えた。嘘偽りはなかった。

父は目をしょぼしょぼさせて封筒を眺めるばかりで、手に取ろうとはしない。

「時彦、お父さんを疲れさせたらおえん」

洟《はな》を啜り上げて、母は言い、父が寝やすいように枕の位置を少し変えた。

「お父さん、興奮したら身体に障るけぇ」

「そうだね、慢性すい炎は、安静が第一だと聞いてる」

ベッドの脇に身を屈めて、時彦は父の顔を覗き込む。

「三日、休暇が取れたんだ。明日も明後日も、顔を出すから」

来るなとも何とも言わず、父は目を閉じた。


三月まであと六日ほどあるのだが、日当たりが良いからか、川沿いの桜の蕾は、早くも膨らみ始めていた。

母から預かった家の鍵を握り締めて、しかし、時彦はなかなか帰れなかった。川沿いを幾度も往復した後、漸《ようや》く、腹を据える。

長い坂の上に佇《たたず》めば、両側に並んだ建売の家々が、ドミノ倒しの牌の如くに見えた。時彦の実家も、変わらず同じ位置に在る。

そう、ここだった。この場所で最後に我が家を振り返った。フィルムを逆廻しにしたように、あの日の情景が蘇る。

何故、あの時、戻らなかったのか。

どうして、ひと言、「ごめん」と言わなかったのか。

自身の夢を追うためだけに費やした十一年。同じ歳月を、両親や妹はどんな思いで過ごしていたのか。今さらながら己の仕打ちが胸に応える。

「時彦ぉ」

ゆっくりと坂を下る時彦のことを、後ろから呼ぶ者が居た。

両手に重そうな買い物袋を提げた母親だった。袋から葉わさびの束が覗く。

「母さん」

手を伸ばして買い物袋を取り上げると、時彦は、

「付いてなくていいのか、父さんに」

と、尋ねた。

空いた手を軽く左右に振って、ええの、ええの、と母は笑う。

「お父さんがねぇ、今日は時彦の好物を思いきり食わせてやれ、って言うけぇ。

『寿司には、葉わさびを忘れんように』て、煩そうて」

話すうちに声が揺れて、それをごまかすように母は「さぁ」と、時彦を促した。

「あのあと、病棟で路を探して、お前が戻ったことを伝えたんよ。あの子、えろう喜んでねぇ。今夜は当直じゃけぇ、夕飯を一緒に食べれんこと、そりゃあ残念がってた」

喋りながら門扉を開け、玄関の施錠を解く。

芳香剤でも料理の匂いでもない、懐かしい我が家の匂いがした。玄関マットと

スリッパが新しくなっているほかは、殆ど変わっていない。

「時彦、お帰り、お帰り」

母が顔をくしゃくしゃにして言った。垂れた目尻から、涙が溢れ落ちる。

時彦は買い物袋と鞄を玄関マットの脇に置いて、「お袋」と母を呼んだ。

母の後頭部へと手を差し伸べて、くぐもった声で詫びる。

「お袋、あの時はごめん。痛かったろ。俺……ごめんな、お袋、ごめん」

「やっとじゃねぇ、時彦」

泣き笑いの顔を息子に向けて、母は言う。

「やっと、普段通り『お袋』って呼んだねぇ。『父さん』『母さん』じゃあ、ピンとこんけぇ」

お袋て、ええ言葉じゃねぇ、と母は笑い、手の甲で涙を拭った。


佐原家の狭い庭には、泰山木《たいさんぼく》が植えられている。

苗木から育てたものだが、成長が早く、二階の窓の高さを越えないよう定期的に剪定されていた。

母の手料理をたらふく食い、久々に自分の部屋の布団で眠った翌朝、窓を開けて泰山木を愛でる。懐かしい樹は、時彦を温かに迎え入れてくれるようだった。

その木の学名が「マグノリア」であることや、「前途洋々」という花言葉を持つことも、東京での役者生活で知った。庭木に泰山木を選んだ両親の思いにも、漸く気づいた。

「そろそろ路も当直から戻るじゃろうし、母さん、今から病院に行ってくるけぇね」

朝食のあと、前掛けを外しながら、母は縁側から庭の息子に声をかける。

時彦は泰山木の根もとに陣取って、古い餅箱を壊し、鋸を使って木片の大きさを揃えていた。

「あまり根を詰めたらおえんよ、時彦」

ああ、と母親に頷いてみせて、時彦は額に浮いた汗を拳で拭った。

「これを作り終えたら、俺も病院に行くよ。夜まで付き添うから、母さんは午後から家でゆっくり過ごしたらいい」

息子の言葉に、母は嬉しそうに破顔した。

母と入れ違うように、路が当直勤務を終えて帰宅した。ひどく疲れた顔をしている。

兄は鋸を引く手を止めた。妹とは、東京で再会して以来だった。

「路、お帰り」

「何をしているの」

縁側に立ったまま、路は兄に問う。固く尖った口調だった。

「餌台を作ってるんだ。ほら、昔、泰山木のあの辺りに架かっていたろ。俺が作ったヤツ」

兄が指をさす方に、妹は虚ろな目を向ける。

泰山木は初夏に素晴らしい香りの花を咲かせる。その蜜を求めて、蜂や野鳥が集まった。訪れる鳥の中で、一家が特に好んだのが、メジロだった。

鮮やかな黄緑色、眼の周りだけくっきりと白い、愛らしい小鳥。花のない季節にもメジロが遊びに来るようにして、と妹にせがまれて、その昔、時彦が餌台を作ったのだ。

蒲鉾板を数枚使い、赤と緑のペンキを塗って仕上げた餌台。妹はそれを手に取り、「お兄ちゃん、ありがとう、嬉しい」と、飛び上がらんばかりに喜んでいた。

「とうに壊れた、とお袋に聞いた。今度はもっと丈夫なのを作るよ」

兄の言葉に、妹は顔を背けて告げる。

「壊れたんじゃない。壊したのよ、私が。あなたが出て行ったあと」

乾いた声だった。

そうか、と時彦は静かに応じて、解体した餅箱に目を落とす。

「壊しても構わないから、もう一度、作らせてもらうよ。親父が戻った時、横になったままバードウォッチングが出来るように」

その台詞を聞いて、妹は顔を歪めた。トートバッグを胸に抱え、縁側で蹲《うずくま》る。

「私はダメだ。どうしても受け容れられない」

苦しげなひと言を受け、時彦は道具を放して縁側へと歩み寄った。妹の傍らに腰を掛ける。

「それはそうだろう。俺が路や親父たちにした仕打ちは、容易く消せるもんじゃないから」

「違う、そうじゃない」

兄の台詞に被せるように叫んで、妹はバッグに埋めていた顔を上げた。

「研修医になって、幾人もの患者さんの死に立ち会った。ついさっきもそう、お父さんと同じ病で入院中のひとだった。求められて、余命告知することだってある。ひとはいずれ必ず死ぬ、そう自分に言い聞かせて」

でも、と若き研修医は、声を絞り出す。

「でも、自分の親が、お父さんが死ぬことを、私、どうしても受け容れられない。どんなことをしても助けたい、助けたいのに、それが出来ない」

言い終えると、路は両手で顔を覆った。

医師として、患者がどんな経過を辿るか、予測がつく。その患者が、自身の父親ならどうか。

妹の苦しみの正体を知り、時彦は居たたまれなかった。暫く黙って妹を見ていたが、そっとその背中に手を置いて静かに撫で始めた。

「いいから。もう、いいから」

声を落として、路は兄の手を払い除ける。

顔を背けたまま、さっと立ち上がると、二階への階段を駆け上っていった。


個室の引戸が半分開いたままになっている。中から、母の明るい笑い声が洩れ聞こえた。

「ああ、時彦」

廊下から顔を覗かせた息子を認めて、母はぱっと走り寄る。

「ついさっきまで、信代《のぶよ》さん——秀ちゃんのお母さんが、お見舞いに来てくれてたんよ」

サイドテーブルに、マスクメロンとマスカットの盛り籠が載っていた。

「おばさん、随分と奮発したんだなぁ」

「お前のお祝いも兼ねてるんじゃと。時彦、何で先に教えてくれんの。あんた、劇団の次の公演の主役に内々で決まったんじゃてな」

信代さんに教えてもらうまで知らんかった、と母は嬉しそうに息子の腕を軽く叩いた。

秀治だ。

秀治のヤツ、共犯者気取りで、自分の母親に電話でそんな嘘を吹き込んだに違いない。

粗方の事情を察して、時彦は満面の笑みを両親に向ける。

「まだ内定だけだし、どうなるかわからんけぇ、本決まりになったら話すつもりじゃった。おばさんは、秀治から聞いたんじゃろ。『内緒じゃ』て言うたんじゃが、秀治の奴の口の軽さにも困るよ」

息子の台詞に、母親は両の手をぎゅっと組み合わせ、華やいだ声を上げる。

「たとえ糠《ぬか》喜びじゃったとしても、そういう話があることが嬉しいねぇ、ありがたいねぇ、お父さん、何としても良うなって、時彦の舞台を見に行かんと」

息子たちの嘘には気づかず、今夜はお祝いじゃけぇ、と母は浮かれる。

ベッドに横たわった父は、ただ黙って息子の横顔を見つめていた。


病棟の夕食は早い。

配膳準備だろうか、午後四時半には、廊下でかしゃかしゃと食器の触れる音がしていた。

病室の窓一杯に、夕焼けの気配の滲む空が広がる。その窓辺に佇んで、先刻から時彦は熱心に外を見下ろしていた。

「何か、見えるんか」

息子の様子が興味を引いたのか、ベッドの父が問いかけた。

「路が下に……中庭に居てる」

白衣姿の妹は、患者とその家族らしい数人に呼び止められて、何度も辞儀を受けていた。

「今朝まで当直だったのに、また病院に来てるのか」

時彦の独り言に、ああ、と父は応える。

「気になる患者さんが居ると、勤務でない時も顔を出す。路はいっつもそうじゃけぇ」

「ええ医者なんじゃなぁ、あいつ」

妹への称賛が、時彦の口をついて出た。

少しも卑屈な響きがないことは、兄妹の父親を安堵させたらしい。父はほっと緩んだ息を吐いた。

「路は、ほんに頑張り屋じゃけぇな。それに、何より優しいけぇ。母さんもわしも、どれほど支えてもろうてるか」

そうだろうな、と時彦は小さく相槌を打った。

戦争で家族を失い、ただひとり、生き残った父。どれほど家庭を欲したことだろう。その想いに応えたのが母であり、一家団欒を壊したのが時彦、失意のふたりを支え続けたのが路なのだ。

眼下の妹は、車椅子の患者の目線まで腰を屈めて、話を聞いている。

頭は良いが内気で、いつも秀治に揶揄《からか》われてはべそをかいていた。何時、医学の道へ進む志を抱いたのだろうか。

再会した時から、妹は兄のことを「あなた」としか呼ばない。兄の不在を路一人で埋めた、その歳月の重さを改めて思う。

「時彦、あのなぁ」

父に話しかけられて、時彦は身体ごと父に向き直った。あまりに真っ直ぐに見つめられたからか、父は言葉に詰まった。

「何？」

「いや、もうええ」

ええけぇ、と父は声を低めた。

「三日なんて、あっと言う間じゃねぇ」

朝食の後片付けをしていた母が、くよくよと頭を左右に振った。

「もうちょっと居《お》ってくれたらええのに」

「お母さん、そればっかり。お盆もお正月もあるし、これで終わりと違うけぇ」

洗い終えた食器の水気を布巾で拭いながら、路が慰める。

「新しい餌台も出来たし、またメジロが遊びに来るけぇ、寂しくないでしょ」

「じゃけど、病院の裏の桜並木、あそこで一緒に花見がしたかったぁ。今年は暖かいけぇ、早いこと咲くと思うんよ」

母娘の遣り取りに耳を傾けつつ、時彦は荷造りを終えた。新しい肌着、母手作りの常備菜を詰めた容器等々、来た時よりも荷物が大幅に増えている。

「じゃあ、俺、そろそろ」

「あれ、もうかねぇ」

濡れた手をタオルで拭って、母は息子を玄関まで送る。

「病院から、そのまま東京へ戻るよ」

息子の台詞に表情を翳らせたものの、気を取り直した体で、母は提案する。

「洗濯が終わったら、母さんも病院に行くけぇ、お昼ご飯、一緒に食べよう。それくらいの時間はあるじゃろう」

「うん、わかった」

靴を履いて、時彦は振り返った。

母の後ろに、路が控えていた。

当直明けのあと、兄妹は二度、食卓を共にしただけで、格別な遣り取りを交わしたわけではない。しかし、妹はもう、兄から眼を逸らさなかった。

時彦もまた、しっかりと路を見つめる。

「路、無理するなよ。身体、大事にな」

兄のひと言に、路は唇を引き結び、こっくりと頷いてみせた。


「ええ天気じゃ」

車椅子を息子に押されて、父は眩しそうに空を仰いだ。

冬の青とも夏の青とも違う、優しいヒヤシンスブルーの空だ。姿は見えないが、ぴーちゅるり、ぴーちゅるり、とメジロと思しき美しい囀《さえず》りが響く。

「外に出るのは久しぶりじゃけ、気持ちがええ」

今朝は陽射しにも恵まれ、散歩には最適だった。主治医の許可も得ている。

病院の敷地は広い。父の病室の窓から見えるのとは別の景色を見せたくて、時彦は裏門の方へと車椅子を押した。

「この位置からだと、線路が見えるんだな」

ほら、と時彦は身を屈めて、高架線路を示す。折しも、がたごとと電車が通過するところだった。

電車の姿を眼で追って、父は幸せそうに笑う。

思えば、父とふたりで電車を眺めるのは、子どもの頃以来だった。温かなものが時彦の胸に溢れる。

「親父は本当に電車が好きなんじゃなぁ。子どもの名前も、時刻表と線路から取ったろ？」

珍しく、父が「はっはっは」と声を立てて笑う。

「そんな訳はなかろう。誰がそんなことを言うたんじゃ」

「ガキの頃、秀治が。それでよく、路はべそをかいてた。ヤツに揶揄われて」

息子の話に、父はまた朗らかに笑った。ひとしきり笑ったあと、

「ええやつじゃなぁ、秀治君は」

と、しんみりと言った。

裏門の外は土手になっていて、上へ行くための、幅の狭い急な階段があった。手すりは取り付けられているものの、スロープなどはない。土手の上は歩道になっているらしく、道に沿って樹々が植えられていた。

――病院の裏の桜並木、あそこで一緒に花見がしたかったなぁ
「ああ、お袋の言ってた桜並木って、あれか」

そこは患者や家族、それにスタッフの間でだけ知られる桜の名所に違いなかった。ここから見る限り、花の季節にはまだ早いが、それでも蕾は膨らみを増して

いる。

「歩道の両側の桜が満開になると、花のトンネルみたいになるけぇ、楽しみにする者も多い、と聞いとる」

上まで行くんが難儀なんじゃが、と父は彼方の梢を眺めた。

裸の枝に、メジロが何羽か、羽を休めている。

「親父、上に行ってみようか」

「じゃが……」

戸惑う父に構わず、時彦は車椅子を止めて、両側のブレーキをしっかりと引き、車輪を固定する。脇に蹲《うずくま》って、フットレストから父の足を外すと、

「ゆっくりで構わないから、俺の背中に移れないか」

と、促した。

息子が老いた父を背負おうとしていることを察して、同じように散策していた患者の家族が、手を貸すために駆け寄った。

背中のひとは、案じたほど軽くはない。

確かな命の重みを味わいつつ、時彦は急な階段を一段、一段、注意深く上る。

無事に上まで辿り着くと、父子は思わず「ああ」と声を揃えた。

そこは堤で、傍らに川が流れる。頭上を、高架線路が走っていた。

「こうなってたのか……」

我が家の坂の上から見える景色に、少し似ている、と時彦は思った。

「空が、近い」

息子の背中で、父はほっと短い息を吐いた。

「よもや、お前に負んぶされるとはのぅ」

少し先の陽だまりに、木製のベンチが見えた。それを目指して、時彦はゆっくりと歩き始める。

花見にはまだ早いからか、辺りにひとの姿はない。代わりに、メジロが美しく長い囀《さえず》りを聞かせてくれる。時折り、心地良い弱い風が吹いていた。

「五十四の時じゃった。国鉄がJRになったんは」

時彦の背に揺られて、父は独り言のように呟く。

「廻り合わせで、ホームで焼き鳥を焼くことになった。夏はうだるような暑さ、逆に冬は冷蔵庫の中に居るようじゃった。けど、心底えらかった（しんどかった）のは、そねぇなことやないけぇ」

その先を続けようとして、父親はふと黙った。自分を負んぶする、その息子の背から、何とも言えぬ労わりの心を感じたのかも知れない。

諦めたくない、という思い、じりじりと身を捩《よじ》りたくなるほどの焦燥、どうにもならない、との諦観。

時彦、お前、わかるんか

ああ、わかる。よくわかるんだ、俺には

敢えて口にせずとも、父と息子は、互いの気持ちを酌むことが出来ていた。

――親父が助役どまりなんは学歴のせいと違う、駅長になるだけの器が端からなかったからじゃろ

かつての残忍な台詞が、じくじくと疼いて、時彦を責め立てた。

親父、と時彦は掠れた声で父を呼ぶ。

「十一年前、俺、本当に酷いことを言った。堪忍してください」

背中の父が、黙って頭を振る気配がした。

暫しの沈黙のあと、父は息子に呼びかける。

「なぁ、時彦よ、せっかくの一生じゃけぇ、大事に生きろ。願うた道を行くなら、たとえ天賦の才は無《の》うても、自分を生かすための努力をせぇよ」

お前は若いけぇ、きっと出来る、と父親は静かに言い添えて、息子を抱く腕にぐっと力を込めた。

そのひと言、ひと言を胸に刻みながら、時彦は、父親が何もかもを承知していることを悟った。

ひと待ち顔のベンチの脇まで辿り着くと、息子は慎重に父を背中から下ろす。

「重かったじゃろ、時彦」

「いや、力仕事には自信がある」

地面に立つ父の、その腕を支えて、時彦は少し考えたあと、声を落としてこう続けた。

「劇団で、大道具を任されてるけぇ」

そうか、と父は短く応えた。

外に出るのが久しぶりの父親に、あまり無理をさせたくない。ベンチを薦める時彦に、しかし、父は、

「自分の足で立っていたいんじゃ」

と、言う。

わかった、と応えて、時彦は左腕を父の背中に回し、右手で父の腕をそっと摑

んだ。息子に支えられて、ふらつきながらも辛うじて立ったまま、父は静かに告げる。

「時彦、わしが逝ったら、あのふたりを――母さんと路を頼む」

それは、と言い淀む倅の顔を、父は覗き込んだ。

「今さら隠さんでもええ。お前と違うて、路は大根じゃけぇのう。それに、可哀そうに路は自分を責め過ぎなんじゃ。あれに何の落ち度があるものか」

親が子より先に死ぬるんは道理じゃけぇ、と柔らかに父は笑う。

掛けるべき言葉を見つけあぐねて、時彦は項垂《うなだ》れた。そんな息子の腕を、ぽんぽん、と軽く叩くと、父は、

「支えなしでも立ってられるけぇ、時彦、手を放して、ちょっとあっちを向いてみぃ」

と、促した。

何をする気か、と逡巡しながらも、父の望み通りに、時彦は背を向ける。その背中に両の掌を置くと、父親はゆっくりと息子を前へと押し出した。

「さぁ、歩け、歩け、時彦」

どこにそんな力が残っていたのか、と戸惑いつつ、しかし、父の命の重さを背

中で受け止めて、時彦は一歩、一歩と前へ進む。

「家の前の坂なぁ、あの坂を、路の背を押してこんな風に上った。あいつの国家試験当日の朝に。じゃけぇ、今度はお前の番じゃ」

前途洋々を祈れども、人生はそう容易くはない。けれど、懸命に生きる者には、きっと拓ける道が在る。

時彦の夢が叶うように。

どれほど時が掛かろうと、時彦の夢が叶うように。

父の願う言葉が、その掌から伝わって、時彦の心を揺さ振る。

堰を切ったように溢れだした涙を止めることがかなわず、時彦は奥歯を嚙み締めて、嗚咽《おえつ》が洩れるのを耐えた。

春の陽射しに蕾を育みながら、左右から延びる桜の梢が、命の行進をじっと見守る。彼方から、タターン、タターン、タターン、という電車の走行音が聞こえていた。

あとがき

前回、『ふるさと銀河線 軌道春秋』を刊行させて頂いてから、九年の歳月が経ってしまいました。その間、大きな災害がありましたし、今なお、コロナ禍で難儀な日々が続いています。皆さまに心よりお見舞いを申し上げます。そして、今作で再び御目文字が叶いましたことに、深く感謝いたします。

今巻に収録された「トラムに乗って」「黄昏時のモカ」「途中下車」「子どもの世界 大人の事情」「駅の名は夜明」「ミニシアター」の六編は、漫画家深沢かすみさんとタッグを組ませて頂いたシリーズ「軌道春秋」の原作を、小説に改めたものです。

残る三編のうち、「夜明の鐘」は『小説推理』のための書き下ろし、「約束」は漫画原作を小説に書き直して他社の月刊誌に掲載したものです。そして、ラストの一作は、私に創作の世界で生きるきっかけを与えてくれた短編です。

三十年前の秋、私の父は、危篤状態で病院の集中治療室に入っていました。病院前のホテルに詰めていた私は、集英社の女性向け漫画雑誌『ＹＯＵ』に「漫画原作募集」の記事を見つけます。

当時、私は塾講師として働きながら、司法試験を受けては落ちる、を繰り返していました。

現実から逃げてしまいたい、という思い。父が私に注いでくれた愛情を、何らかの形で書き残しておきたい、という思い。様々な感情が入り混じる中で、文房具を調達し、ホテルの狭い机に向かいました。

人物設定も何もかも、自分とは程遠いものにして、胸の奥深く抱えていたやるせなさや苦しみを物語に託し、生まれて初めての小説を書き上げます。

原稿用紙の使い方さえ覚束ない、瑕疵だらけの短編に「背中を押すひと」という題名をつけて、投函しました。手もとにコピーはおろか、覚書さえ残しませんでした。

翌春、その作品が特別賞を受賞したことを機に漫画原作の道に進み、のちに、時代小説に転身して今に至ります。若い日に目指したものとはまるで違う世界で、生きることになったのです。

幾度も入退院を繰り返した父は、娘が初めて書いた小説の内容も、作家になった事実も、知ることのないまま、他界しました。時の経過とともに、作品の詳細な記憶は徐々に薄れますが、ごく自然なこととして受け止めていました。

数年前のこと。

かつて受賞の連絡をくださり、一番最初に担当してくださった編集者から「もうすぐ定年退職を迎えますので」との挨拶とともに古びた原稿を手渡されます。手描きの文字で書かれた題名は「背中を押すひと」。間違いなく、かつての応募原稿の原本でした。よもや、三十年近くも、手もとで大切に保管して頂いていたとは思いも寄りません。

最初についた担当編集者が彼女だったからこそ、私はこの道で生き続けることが出来た――戻された応募原稿を前に、謝意が胸に溢れました。

読み返せば、拙さに消え入りたくなる一方で、儘ならぬ人生に必死で向き合っていた当時のことが鮮やかに蘇りました。紛れもなく、私にとっての「初めの一歩」でした。

双葉社の担当編集者に事情を打ち明け、加筆修正の上で今巻に加えさせて頂くことになりました。

幸せを心から望めども、人生はそう容易くはない。誰しも病や老いから逃れられず、思いがけない災禍に見舞われることもあります。そんな時、声を限りにエールをおくられると、却って辛さが増すこともあるでしょう。

NOT DOING, BUT BEING――何もしない、でも、傍に居る。

九つの物語が、あなたにとって、そんな存在になれれば、と願います。

あなたの明日に、優しい風が吹きますように。九年ぶりの祈りとともに、この本をお届けします。

感謝を込めて

二〇二二年十月

髙田　郁

※「途中下車」注釈
作中のレストランは架空のものですが、北浜駅にある喫茶「停車場」の佇まいをイメージの基とさせて頂きました。

※「夜明の鐘」注釈
二〇一七年の九州北部豪雨により被災した日田彦山線は、二〇二三年夏、添田から夜明・日田までを「BRT（バス高速輸送システム）ひこぼしライン」に転換、復旧予定です。

※「子どもの世界 大人の事情」注釈
作中のラジオ番組は二〇〇〇年当時、毎日放送ラジオ「おはよう川村龍一です」をモデルとさせて頂きました。稀代のパーソナリティだった故・川村龍一氏、そして作中使用をお許しくださった株式会社毎日放送の皆さまに感謝いたします。

●お断り書き

作中に、痴呆という、今日の観点からすると考慮すべき表現が含まれておりますが、作品の時代背景を反映しており、他に適切な語句がない、との観点から掲載致しました。差別的な意図はありません。よろしくご理解のほどお願いいたします。また、本作品はフィクションであり、作中に登場する人物、団体名等は全て架空のものです。

初出

「トラムに乗って」「小説推理」二〇二一年十二月号
「黄昏時のモカ」「小説推理」二〇二二年一月号
「途中下車」「小説推理」二〇二二年六月号
「子どもの世界　大人の事情」「小説推理」二〇二一年七月号
「駅の名は夜明」「小説推理」二〇二〇年八月号
「夜明の鐘」「小説推理」二〇二〇年九月号
「ミニシアター」「小説推理」二〇二三年八月号
「約束」「GINGER　L」二〇一五年WINTER　21
「背中を押すひと」「小説推理」二〇二三年七月号

文庫化にあたり加筆・修正しています

双葉文庫

た-39-02

駅《えき》の名《な》は夜明《よあけ》
軌道春秋《きどうしゆんじゆう》Ⅱ

2022年10月16日　第1刷発行
2022年12月21日　第6刷発行

【著者】
高田郁《たかだかおる》

【発行者】
箕浦克史
【発行所】
株式会社双葉社
〒162-8540 東京都新宿区東五軒町3番28号
［電話］03-5261-4818（営業部）　03-5261-4831（編集部）
www.futabasha.co.jp（双葉社の書籍・コミックが買えます）
【印刷所】
大日本印刷株式会社
【製本所】
大日本印刷株式会社
【カバー印刷】
株式会社久栄社
【DTP】
株式会社ビーワークス

【フォーマット・デザイン】
日下潤一

ISBN978-4-575-52609-7 C0193
Printed in Japan

JASRAC 出 2207129-206